美的饗宴

林奇梅　著

美的饗宴——自序

歲月匆匆，我走過了很長的時光隧道，我實在不敢相信，也不敢去數一數到底我已經走過了多少的歲月，和我真正的歲數。

看見孩子們長大，我知道，我也逃避不了必須認清我的年齡已經不小的事實，然，我還是希望自己仍是年輕有朝氣，永遠能像十八歲一朵花那樣的快樂，但，這是多麼幼稚和天真的想法呢！

專家們已經指導我們，一個人要保持年輕有朝氣，除了每日必須注重食物的營養均衡，充足的睡眠，良好的生活習慣，還要多運動，以及充實自己的內涵，有了這些基本的理念外，最為重要的莫過於是要保持心情輕鬆、愉快、祥和，那麼要使自己永遠能像十八歲一朵花那樣的快樂，不知是否還難否？

理念是正確，但是人總是有了一份難以控制的惰性，例如運動，簡單的散步就是其中的一種，我時常會因為某種的理由以及惰性的使然，而找出沒有去散步的原因，敷衍地一天又過了一天；至於食物方面，人們往往也會因為嘴饞而吃盡了那些好吃卻是垃圾的食物；至於充足的睡眠，也會因為熬夜，以至於隔日的工作情緒不佳，而使自己看起來就像個黃臉婆；至於充實自己，也會表明自己因為時間的不夠，而名正言順地說沒有時間學習。這些食物，運動，學習等等的理念和常識，在報章雜誌上也都時常做了詳盡的介紹，我們身體的健康也由於我們的惰性，而有了不應該的耽誤，但是這一種耽誤對於健康的影響，可能是循續漸進方式，它當然會使我們的身體衰弱，但也不至於使我們在剎那間呈現衰老，然而，對於我們身心健康影響最大的剋星，莫過於是一個人所遭受的精神打擊，那是至大至極的傷害，那是一隻無形的殺手，能使一個人在一夜之間，從黑髮的年輕人而變成滿頭白髮的老人。

每個人在人生的旅途裡，都會面臨到工作上的挫折和壓力，我非完美的人，因此我也不例外。我也曾經嘗盡了酸甜苦辣，我也遭遇到無盡的挫折與心靈的傷害，也因此使我走進最為傷心和難過的歲月裡，我感到痛苦而憂鬱，我時常獨自在河邊散步，傷心欲狂，痛哭流涕，哭喪著臉一步一步地走，越過家居附近的豪士頓綠地草原，習慣地走到河的岸邊，不知不覺地走到了橋上，看見水花閃爍向我招手微笑，似乎在呼喚著我，那是我的心靈最為脆弱的時刻，突然間，我聽到一個特別的聲音，非常地慈祥親切而又有力，我猛然驚醒，那是主的聲音，我眼前出現了溫和的圓光，我雙手合十感恩地跪在地上，仰望著天，那是一片祥和的雲彩，此時此刻，我深深地知道那是主的憐憫，祂的光照亮了我脆弱的心靈，主的來臨，主就在我的身邊，主拯救了我的靈魂，祂更賜給我有了聰明的智慧、信心、勇氣、力量、愛心、耐心和毅力。

我從此不再徬徨，我努力地學習，刻苦地工作，勇敢地站了起來，面對著困難，解決困難，打破鬱悶在心中的結，停止哽在咽喉上的吶喊與充滿在眼睛裡的淚珠。

於是我下定了決心，對於時間與工作做了重新安排與分配，我不怕困苦，只怕我是否能依計畫地達成我的目標，從此我成為一位早出晚歸的工作狂人。

我找回兒時的歡樂，那就是田園裡的耕作，然而在異地他鄉，沒有田園可耕，有的是一大片一大片可以越野的青草地，和一坡一坡的小山丘。於是在假日裡，我盡可能地找出時間，踏青在原野和小山丘，且陶醉在翁鬱翠綠的森林園裡。野地的花草撫慰了我的心靈，使我身心獲得無與倫比的舒暢，我似乎又回到了童年生活，寄情在樹林與花草裡，尤其深深地體會到自然才是撫慰我創傷的良葯，隨著自然的四季更換，看見春天滿園芳香的花卉。夏天綠油油的人行道樹，是寬闊而濃密，涼爽而沁人心脾，它們為人們帶走了暑氣。樹木高聳茁壯，秋風瑟瑟，帶來了深情濃密的楓紅，落葉繽紛，踏著落葉，聽到足底下踩著稀稀脆脆的爆裂聲音，彷彿踩到秋風細雨的秘密。樹木在冬天承受凜冽風雪的襲擊與煎熬，卻處之泰然，而祥和地度過，更為人類續存更多的養分，以便為來年更茁壯而樹蔭滿園。

我相信上帝打開了天鎖，創造大自然和萬物，祂賦予自然的潛在能力是無窮的，它們藏在天空，藏在地底，或是藏在日光雨露，都是天地的祕笈。賦予人類有了聰明的智慧、信心、勇氣和力量，勇於接受困難、面對困難、和解決困難。在我最為艱苦、害怕、恐懼的歲月裡，花兒普遍的開放，蘋果樹、梨樹仍然聳立挺直地長在後院花園裡，它們不會因為我的傷心、難過、困苦、而因此凋謝，它們依然茁壯挺拔，枝幹強勁有力地向天伸展。每到初春白茸茸的花兒，如雲如雪，帶點兒粉彩顏色的的光澤，繽繽紛紛令人驚豔，展現花兒的才華，是那麼昂然而畢露鋒芒，似乎對於自己的生命充滿了自信，我喜愛它們具有一份天生說服的才華和魅力。山嶺樹木蒼翠蔥鬱，是鳥兒特別喜愛棲息和歌唱的地方，它們的鳴吟真是一首甜甜蜜蜜的歌，這些自然真正賦予我有了美的饗宴，是豐富我心靈的最好良葯。

於是我提起了筆寫出我對於自然的歌頌和交流，牽牛花是朝顏，是跟著太陽升起與降落的花兒，相信喜愛牽牛花的人，就像牽牛花與太陽同起同升，是富有朝氣，不畏懼不退縮的人生。聽到水流的聲音，它們告訴著我：請不要停止努力，不要躊躇，不要猶豫，更不要害怕，要把握意志力。黃豔豔的水仙花兒是多麼清香雅麗，玉潔玲瓏，木蘭花樹茁壯挺拔，朵朵含苞待放的木蘭花是對於愛的期盼，是愛的分享，是夏季蟬兒對著大地的歌誦鳴吟，是消滅了悶熱的暑氣，山茶花是中國人的玫瑰，是愛的橋樑。

烤爐裡的火雞，從遠處傳來咯咯的火雞叫聲，牠是在烤爐裡悔過抑或是犧牲了自己而願意作為感恩的脆皮火雞？白鷺鷥鳥輕輕地飛到牛的背上，牠們是在談心，是情感的交流，牠們在空中作了旋轉似的翱翔和快樂的低飛，空中顯現一片的祥和清澄，牠們的體態是多麼柔和與輕盈，飛翔的姿勢是非常的美麗而深具生命的意義。蒼鷺在寬闊的草原駐足，瞭望，遠眺，不忘擺好姿勢，高高地舉起美麗的雙翼，飛向那原始濃密的森林地。小杜鵑鳥兒為什麼是小鶯鳥的殺手，不感恩卻聲聲哭啼，喜鵲鳥雖然愛胡鬧，卻有靈性懂得後悔，於每年的情人節為牛郎織女搭建了一座天橋。

點燃一盞懷念朋友的燈，心存感激和追思，看見梨樹掛滿枝頭，緬懷故鄉門前的文旦樹，剖著柚子，浮現兒時的一幅畫，有愛的芬芳，有快樂的分享。

一條隨意而流的小溪，滴答滴答的聲韻，奔放澎湃的河水擊石，深具旋律，它們的聲音有多麼深沉，有多麼惆悵？誰能知曉水流的聲音真像是情感的奔放？誰能知曉它們沒於江河的無奈？自然賦予作曲家史塔溫斯基的靈感，神的賦予，使他有了獨有的創造，他的「春之季」受到無比的讚賞和喝采。

林林總總，輕輕微微的描述，相信自然的天籟滿滿地洋溢在我們周圍，我有了信心，也能預知讀者會有賞心悅目的共鳴，相信這一本《美的饗宴》會是最為馥郁芳香，賦予讀者心靈一道豐富的筵席。

林奇梅
二〇〇七年九月二十八日　教師節
寫於倫敦格林佛小鎮

目次

第二輯　平心靜氣

目次

第三輯 鳥鳴花豔

第四輯 播種

第五輯 書香樂鳴

第一輯

青山綠水

1 山

不論天氣酷熱、嚴寒；不論人間多少離合悲歡，然，窗外的那座山，百年不變，千年不語，隨著四季更替，青翠、泛黃，白雪飄飄滿山頭。

山終年沉默，冷漠孤獨，悲涼滄感，任憑風吹雨打、蹂躪、折騰與摧殘，依然不趨前、不退後，卻遠遠、冷冷地靜觀世界。樹枝搖曳，水聲淅淅，就是它的歌唱、表情和聲音。

沉默並非孤獨的表現，也並非軟弱無能，或是平庸好欺，它在自然中以靈性淨化，在曠世的靈靜裡獲得無以倫比的智慧，不埋怨不逢迎，卻能在雷電風雨的襲擊中披上翠翠綠綠，昂昂然不倒的綠衣。

人類的貪婪，對於自然的摧殘與破壞，有一天，山突然崩垮了，並非如愚公移山，而是引來無數的淒涼和災難。我終於了解，山的沉默，是給人類無數的仁慈、寬容，賦予世人慚愧的機會，及承受最高的容忍。

二〇〇二年十一月六日
格林佛

2 鳥

冬天來臨，窗外的幾棵大樹已經脫落了葉子，光禿而枝椏直上天空伸展，蕭瑟的冬景，雖然會使人回戀春天遍地的青草花卉和秋天的落葉繽紛。這是大自然的規律，它並不是依人的喜愛而轉移，孤冷的殘冬裡也有它的樂趣之所在。

在這寂靜的窗外，我們可以清楚地從樹上看見小鳥的身體和牠唱歌姿勢以及在枯枝殘葉間裡跳躍，使我們增添了無窮的樂趣。

除了冬天，花園以及公園的樹林，盡是枝葉扶疏而林葉茂盛。站在陽台，只能聽到鳥鳴和撲翅的聲音，難得看見鳥兒的英姿，現在樹禿枝明，聽到鳥聲不但可以賞鳥又可以觀鳥，真是一舉兩得。

只要不是下雨天，公園裡的樹枝和草坪上，就有各種不知名的小鳥。我特別喜愛小小的金絲雀，牠的肚子羽毛是橘紅色，嘴兒小小長長尖尖，腳長而身形輕盈可愛，是英國人最為喜愛和與人最為親切而不怕生的廚房鳥，因為它喜愛在廚房旁的小樹叢上做巢，唱起歌來「唧唧，鳩鳩」、「哥哥歌咕，唧咕唧咕」，並且又喜愛跳上跳下地到處張望，甚至於飛到廚房窗台上盯著你不放，真是令人喜愛牠極了。

由於沒有樹葉的遮攔，就能看見遠處草坪上的古教堂，白鷗鳥在尖塔上飛翔的美麗，又見到鴿子在教堂進門的窗台上，像是兩位站崗的小哨兵。

聽見了鳥聲，我偶爾會停下筆來，凝視著麻雀的啁啁啾啾，以及鴿子的咕咕咕，或是烏鴉的聒聒、聒聒，它們使我心靈舒暢愉快，也使我的生活有了豐盈無比的樂趣，更使我年輕了不少。

二〇〇三年一月三日

格林佛

3 小溪

曾在英國湖區流連忘返，坐在湖邊榆樹林下，靜靜的欣賞著湖光山色，瀲灩的湖面令人陶醉，靈靜的湖水使人恬淡寡欲，有了遠離塵囂而獲祥和之感。湖，使人的心靈寧靜，充滿閒適安逸、樸實無華，然，似乎欠缺了什麼？那是對於生命的衝擊，奮鬥的歡愉。

曾在青山綠水攀登，望著奔騰的小溪，勇敢無畏懼地嘩啦嘩啦地衝擊雜草，水在岩石上滾動，只聽到它們的聲音唱著向前！向前！

那清脆的潺潺聲是戰鬥的聲音，那飛濺的浪花就是生命的火花。小溪無論大小曲折，越過蜿蜒高山、濃密森林，無視前面的命運如何，總是載歌載舞地滑落、跳躍、唱著，快快樂樂地迎接明天的日子，不怠慢、不怨言、不牢騷、淅淅瀝瀝、如歌如泣地唱著向前！向前！

小溪它永不停息地尋找著方向，它有湖泊所不能給人的啟迪，生命活力就是努力勇往直前。

二〇〇二年十一月六日

格林佛

■ 划著小舟在康河，我們一起唱歌，歡愉，偶然相聚，留給我一串串朦朧的回憶。

4 下雪

雪，對於住在北方的人來說並不足為奇，但對於在台灣出生長大的我是多麼地誘惑。

第一次見到雪是在日本東京，記得當時我們是一群觀光客，一夥排齊走在大街上閒逛，天上陰沉而帶點微風寒冷且凍，走過了短短的一些時候，天上突然下起一顆顆珍珠似的小泡泡，又白又圓又輕巧巧，真像朵朵綿花兒似的，領隊對著我們大聲地說：「下雪了，大家快抬頭看吧！」於是我們仰起頭兒，張開了大大的嘴巴，對著天接著，白白細細的雪含入口中的感覺是淅淅簁簁，滴滴答答，瞬間溶化，好玩極了。記得當年會去日本，也是為了賞雪，而與幾位在小學執教的老師們專程選在寒冷的二月天，同時也是過著舊曆年的日子裡，參加日本的文化古蹟遊覽踏尋之旅。如今數隔多年，賞雪的情景仍一一地呈現在眼簾，於是每見到下雪就喜出望外而興奮不已。

倫敦的冬天是非常地冷，常常會使人覺得灰鬱悶結，然而，就在過農曆年的幾天裡，突然下起了不大不小卻是美麗如畫的雪花，也因此呈現了令人歡心的一片雪白的冬景。

雪花片片飛揚，不快不慢而徐徐，如柳絮的輕巧飛舞著，有長條型、有方型、有三角型、有圓型，如鵝毛、如棉花，隨著微風奮飛，匆匆地來又匆匆地去，撲向玻璃，灑落在屋頂、樹枝、草地、河流、城市及行人、小孩的帽子上，真是美麗極了。

四周靜寂，茫茫的天空，無語默然，無論雪的形狀如何，它輕輕地降落大地，化為涓涓的水滴，也落在我的心田裡，洗滌了污濁穢物，長久渴望的純淨，就在這雪景的一剎那，不知不覺地滋生。在漫漫的雪景裡，我站在這書齋窗前凝視，心中被這雪白的美景給掃落了因冬寒而產生的惆悵，隨之而起的心扉，是多麼澄清而寧靜顯明。

白雪是那樣子的輕飄飄，好像飄走了歲月而無聲無息地流淌，哀聲嘆氣的悔恨過去而產生了失落的悲哀，實在對於自己的人生的命運無濟於事，何不化悲傷為力量而把握新的起點，再次點燃那生命的火花。不要擔心，不要畏懼，踏在雪泥地上，產生了刷刷渣渣的聲響，留下了朵朵的鴻爪。心兒呀！不要再沉悶而鬱鬱寡歡，勇敢地向前邁進，只要你是真誠地擁抱著世界，就會覺得這個世界是多麼寬廣而仁慈，也必定會擁有快樂。

二〇〇三年一月二十三日
格林佛

5 春鳥

春暖花開，鄰近的公園也換了新裝，冬天枯黃的草坪也鋪上柔軟的綠毯，柳樹吐芽萱黃新綠，低垂在河旁，樹上的葉子隨著春風的吹來，姿態分外地瀟灑，婀娜輕盈美麗無比。走在公園的小徑，首先聽到的是鳥兒的群鳴，隨著鳥聲，仰著頭兒望去，才發現那是一群鳥兒在樹枝頭上跳躍，好像在晃盪鞦韆又自由自在地談情。

春回大地，公園裡嘻笑聲，小孩子在綠色的草地上打滾，鴿子總是咕咕地叫，而且不停地點著頭兒在尋覓著，黑色的烏鴉還是著上那一身不變黑禮服的打扮，聒聒的吵鬧聲，東一句西一句地讓人不能了解牠們究竟在說些什麼？知更鳥並沒有教好烏鴉的唱歌，頑皮的烏鴉向來不聽話，就是只有天天吵鬧不停，知更鳥只好卸下教師的職位，飛到枝頭上唱個甜蜜的歌聲，而自我陶醉不已。

春天總是留在人們的臉上，他們每天匆匆忙忙地提著公事包趕著火車而上班去了，小孩子們也歡天喜地拿著書包去學校，朗朗的讀書聲充滿了在學校的校園裡，屋簷下的朋友是幾對美麗翅膀的燕子，隨著春天的來到，它們也從很遠的南方回到了舊居，不知道牠們是否也開始增添了新的伴侶，就在附近的屋簷下忙碌著找著新巢，抑或是將舊巢也加大了幾個，我看見牠們總是忙進忙出地口銜著土壤和雜草。馬路上的汽車吵雜，行人熙熙攘攘，想不到這一群燕子還是一樣地在這樣煩囂的環境裡徘徊，牠們可真的熱情而願與人們為伍。

每年屋簷下的小燕子，總會在秋末與整個冬天裡有一段時間與我們分別，這時候我們聽不到一點聲息，只看見了巢穴裡是空閒著，也看不間凌空掠過如剪刀在空中飛翔的英姿，牠們飛往南半球的非洲，與熱帶的野生動物們作伴，牠們有了漫長的行程，以每小時飛行三十公里的速度，一天就要飛行一百一十至兩百零二公里的路程，這一群感情濃厚的朋友需要花費一個多月的時間，無論路程有多麼遙遠，牠們還是秉持著堅強的毅力，風雨無阻而克服一路上的多重危險和障礙，才能安全地抵達舊居與我們相處。小小的燕子就有如此濃厚的摯情，人與鳥兒們雖然未能談心，然他們似乎與我們有了神交之感，而友情永銘難忘。

二〇〇三年六月三十日
格林佛

6 欣賞

欣賞一樣東西，憑個人的感覺而不同，譬如我們說「這一位帥哥為什麼會愛上這麼醜的女孩子？」殊不知道有愛情眼裡出西施的一句話。倘若對於一件事情的處理單看表面是不足以來解釋，我們願意說那是欣賞的角度不同罷了。

當我們走到群山環繞而湖泊倒影映照，一處別有天地而非人間的仙境，此時此刻的我們，一定會覺得自己為何不是一位畫家，或者是會後悔自己為何不是一位出色的攝影師，透過畫筆或相機，可以將這些景色一一地保留下來，其實我們大可不必如此的自責而嘆息遺憾。因為我們已經沐浴在這一種有情有景的美麗世界裡，美的力量已經發射到我們的腦海裡，我們接受了這一種無比力量的震撼，使得全身肌膚沐浴了美的饗宴，而感官就更覺得靈敏歡愉，這就是所謂真正的欣賞。其實欣賞一樣東西，並不是一定要在湖光山色的環境裡，我們可以欣賞春花秋月，可以欣賞文學藝術，可以欣賞人情事故，無論欣賞什麼，最為重要的莫過於是我們需要有敏銳的眼光，以及保持物與物之間的距離，這就是好像在霧裡看花，具有朦朧美的感覺，例如，我們欣賞皎潔明月與浮雲飄絮裡的一輪斜影，會令我們的五官的感受是截然地不同。又如欣賞近在眼前的青山，與在雲中、霧中、雨中的青山綠水，不也是迥然不同的美而值得深深回味無窮嗎？

朋友之間的交往，倘若能恰到好處，則友情定能細水長流，結婚多年的夫妻，倘若能睜一隻眼或是閉一隻眼，更會覺得對方仍是柔情似水和可愛，愛情仍會存在於你我之間。友情、愛情有了少許的間距，就能使對方繼續欣賞我們而不會產生成見，如此透過感官的功能而有了美的震撼，就能使對方覺得你還是如此地美而豔麗。

二〇〇三年一月二十三日
格林佛

■ 「欣賞」是接受了一種美的力量，使得肌膚沐浴在美的饗宴而感官覺得靈敏、歡愉。

7 樹林下

我喜愛在濃密的樹林下經過和憩息，聆聽鳥兒在枝頭上唱歌，草叢花兒綻放芬芳撲鼻，看著靜謐的湖水倒映著雲朵的飄游，使得我心神蕩漾而活潑快樂。

豪士頓小山丘的榆樹林，隨著季節春夏秋冬的更易，有了不同的景緻，無論吐芽新綠、蒼翠蔥鬱，或是金黃耀眼、落葉繽紛，皆不失恬靜、清新、潔淨、怡人。

只有在大自然裡沒有喧嘩、沒有虛假與貪婪，才能得到真正的靜謐。

我尋尋覓覓，東碰西撞，受到無數排擠、藐視和欺凌，使得精神痛苦與徬徨，失望像落葉繽紛與飄揚。

我哭泣無助地走到樹林下，坐在深草叢旁，春風微微，我仰望嫩綠的樹梢，突然間有一道光照亮我哭泣的臉龐，一股溫馨的暖流光暈傳到身上，我聽見慈祥的聲音，祂對著我說：「我的孩子，不要哭泣，勇敢的站起來吧！」我立刻雙手合十，獻上我感恩的回答：「是的，我的主，我願意跟隨著你。」

親愛的主：祢使我認識了這個世界，也使我認識了自己，祢讓我奔波勞累，克服艱辛，不畏懼而勇往直前，再引領我坐在雲彩上的寶座。

我的生命來自祢的「愛」，同樣地，我仍須靜默虔誠，而以「愛」來眷顧，才能得到平安和永恆。

二〇〇二年十一月六日

格林佛

■ 在濃密樹林下聆聽鳥兒唱歌，看見靜謐的湖水影映雲朵的飄揚，使我心神活潑快樂。

8 布朗河

沿著碧綠的布朗河散步
湛藍的天空沒有半點兒雲彩
寬廣無際的原野一片野菊黃黃
綠油油的草坪白花點綴，
喇叭花愛與晨曦玩追逐
朵朵向著小樹攀爬
朵朵昂天吹奏歌頌
姹紫嫣紅帶來清新美得自然，
濃密槐樹林在遠遠的山丘
藤藤的兔絲花懶洋洋地
依在茁壯挺拔的橡樹
是浪漫柔美可人，
紅白相間的忍冬花芳香瀰漫

迎得蜜蜂的青睞與蝴蝶的飛舞
啾啾的鳥鳴其聲也怯怯
是否仍在尋找良伴？
走在濃密的樹蔭下
聽得唧唧蟲聲鳴吟
叫得我好奇駐足瞧一瞧
忽地停止周遭靜謐寂寂，
仰望樹兒喜鵲雙雙
忽上忽下地跳躍
咯咯地唱是一片喜氣洋洋
牠們有了新歡或有愛撫的巢？
小河奔流稀里嘩啦地
它不寂寞愛與頑石跳躍
一陣陣的拍擊聲打動著河水漫瀾，
白帆點點是一對天鵝在水中悠遊
一群鴨兒排列著隊伍

濺起水花活潑地洗躍
聒聒地呼朋引伴叫嘯
水鳩雞們啼啼聲應和著，
河岸兩旁柳樹垂蔭與水草低語
倒影清晰明亮像是撒落的星星
夕陽西下彩霞滿天
蘆葦花閃爍得金黃燦眼，
布朗河日以繼夜悠悠地流
多麼原始裸露得純真
是樸實是親切是真實
是浪漫不是虛幻是令人嚮往。

二〇〇七年十二月十日
於格林佛

9 素馨蘭

後院花園是個不大不小的長形方塊，每到春天總是帶來了紅白相間而芬芳的花卉。蜂兒喜愛胡鬧地嗡嗡作響，蝴蝶飛前飛後而為整個花園增添了不少嬉戲繽紛。

我曾為了一片枯萎、乾癟，充滿整個黃葉而垂頭喪氣的素馨蘭難過。

然而，就在一個刮風下大雨的日子裡，有一位心狠手辣卻富有經驗的園丁，他用一雙成繭的雙手持著一把尖銳鋒芒而利韌的刀，強勁有力且無情地在花兒的身上砍了幾下，頓時，那韻律有緻的枝幹像是受傷的鳥翼，鮮血淋漓的翅膀，片片塊塊地滴落，躺在地上哭泣、痛苦地吶喊和哀號。

隨著歲月的成長，瘀傷的枝條接受陽光和雨水滋潤了它的身心，如今整棵樹健康有勁了起來，好像有了一雙明亮的眼睛和煥然一新的臉龐，強壯昂首的軀幹，長滿了綠油油而捲曲似的秀髮，趁著整個大地靜悄悄而沉睡的寒冬裡，串串而毛茸茸似的花蕊，綻放著金黃耀眼的花朵，展現光芒閃爍而繁華的色彩，由於聖誕節的來臨，就在寒冬安靜而祥和的平安夜裡，我那小小而簡陋的書房，也增添了一股喜氣洋洋和令人陶醉在若有似無的芳香裡。

如今，在自然的大地裡，素馨蘭又有了新的生命，聽到幾隻小鳥停棲在它的軀幹上鳴歌清唱，我輕輕地打開了窗門仰望著高聳天上的雲彩，一切顯得特別的寧靜、新鮮、和諧調和在一起而美的自然和可愛。

二〇〇二年十二月二十五日
格林佛

10 良辰美景

自然的景象跟隨著春夏秋冬的更替，讓我們感動喜愛，因為它們與我們的生命息息相關。

工作忙碌，往往使我們覺得世界是一團凌亂、緊張。閒暇無所事事又覺得世界總是一片空白，這種不快樂的心情，是由於我們不知欣賞這個可愛的世界。

許多美好的地方並不一定在遠處，而是我們要懂得欣賞。人們喜愛奔波勞累走訪遠方，對於近在身邊的東西反而不知珍惜與欣賞，遠離自己的家鄉而東奔西跑，殊不知道別人來欣賞和觀光的地方，就在我們附近，因為它跟我們太近了，反而不去欣賞，等到有一天我們要離開時，才發現此地的景物，竟然是如此的不平凡，有如仙境一般的美麗。

生活的樂趣源自於內心的欣賞之情，欣賞大自然是很容易的事，因為它就在身邊，很容易尋訪到，而且也不用花一分錢，即使在枯燥的都市生活裡，相信也能欣賞到一片天光，一抹雲彩，以及鳥聲蟲鳴。

真正的財富就是要知足這一個世界，萬物靜觀皆自得，詩情畫意的獲得就是自然的美景與心中的祥和喜悅，它存在我們周遭而無處不有。

二〇〇二年十一月十日
格林佛

第二輯

平心靜氣

1 燈

一盞燈，在哪裡？它在黑暗中照亮了大地。
走過黑暗，才有光明的希望。
一顆閃爍、光暈無比的宇宙光——太陽，
它是一顆巨輪懸在空中，無所不在
雖在我心扉之外，賦予人類無比生命。
存在我心田裡的有一顆永恆的光，
那是「愛」。
愛是生生不息，是一顆永遠照亮無止盡的燈。
每天，我敞開心胸，坦然以對，
讓我這一盞小小的燈，
能使風雨停住，撥開雲霧，能使冰冷消逝。

燈，我把信賴託付給你，有了你，我不怕黑夜，
眼前的你，照亮了我，不會讓我白白地虛度，
哪怕是一分一秒也會為我珍惜。
當我傷心欲碎，走在你的燈下，
藉著你的光，點燃了我的希望，
從此「燈」使我明白什麼是光明？什麼是黑暗？
我喜愛在小小的燈下辛勤的耕耘，
願以我的心力和智慧讓世界增添更多的愛。
我的這一盞燈有時也會耗油而無力，
需要填油與休息，
然，不至於讓我失望和沮喪，而且能源更為豐富。
有一天，燈告訴了我：「主人，我需要照亮更多和更遠的路。」
於是我又背著小小簡單的行囊，開始浪跡天涯，
因為這一盞燈它是多麼信賴我，

照亮了我在任何角落，
傳播了我的愛到天方。

二〇〇二年十一月九日
格林佛

2 故居

故居是個大搖籃，有父愛的胸襟，有母愛的芬芳，
自生命誕生的那一刻開始，就與我心心相繫。
我的故居在芳香的嘉南平原，是一個淳樸的莊家農舍
故居的一屋脊一瓦礫，縱使再殘破，也能為我擋風擋雨。
在那裡，不知懼怕，不知煩惱，沒有憂愁，沒有紛爭，
在那裡，我與自然共歡喜，隨著春夏秋冬的更替，
不辭辛苦牽著牛兒，駛著叮噹聲響的牛車，在一畦畦的稻米田，
犁田、播種、鋤草、施肥、秋割、冬藏的日出而作，日入而息。
放眼無際的稻禾麥穗隨風像波浪，濃密的檳榔樹葉像傘遮陽，
節節瘦瘦長長甜甜的甘蔗，串串粒粒隱藏地底的落花生，
藤長鬚多葉綠根莖地瓜，白色花椰菜含苞棵棵，
庭院深深玫瑰紅艷芳香，含笑花魅力戴著咖啡帽，
桔梗花芳香四溢，迎得蜜蜂的青睞與蝴蝶的飛舞。

雁子呢喃，麻雀吱吱喳喳，在電線桿上排音符，
鳥兒啾啾地叫和跳，風兒徐徐，樹兒搖曳，花兒開放，
粒粒濃郁的果實串串掛著，都帶來了快樂微笑和歡心。
溪洲村是我的故居地，它造育我有了起步，
長大別離如鳥兒飛躍展翅飛翔而遠離，
尋找最高的理想和希望。
故居像是一個站，無論旅程走了有多遠，
總要回頭再望一望，想一想，念一念，
我的故居現今變得怎麼樣。
思念與眷顧總是為故居而來，
從年輕與故居別離，
經過漫長的歲月，品嘗心酸、痛苦，
才知道你在我心中有了多麼大的份量。
哪裡有像你如此的體貼慈愛，
哪裡能替代你在我心中不滅的影子。
只有你，才是遊子寄託的福祉，

有了你在身旁，才讓我深覺安全，
滿懷青春和希望。

二〇〇二年十一月十九日
格林佛

3 愛狗

時代的進步，民主意識的普遍覺醒，人們對於環保意識的觀念也隨之增強，他們不再殺戮與虐待動物，而飼養了寵物來，從這兒可以說是人類善待動物的仁慈表現，既把狗當朋友，也把狗像對待人一樣的關心，也有狗的醫院來善待狗兒們的心理與生理的健康，當人們要去度假時，更不會忘記帶著狗兒同行，倘若帶著牠不方便旅遊時，就請人照顧或將狗帶到狗的飯店，由專人來照顧牠們，這可以說是人類愛心的層面擴大，也可以說是人類美德的最佳的表現，甚至於狗的主人過世時，還將全部財產由親愛的狗兒來繼承。

飼養狗和喜歡與狗相處的主人有很多種類，他們對於狗的禮遇也因此有所不同，有些狗很受寵，有了很多狗玩具可玩，有些狗也有摩登的狗衣服可以穿。在美國的大都會區城市，狗的玩具也有很多種，能夠養得起好品種或是著名的狗，大多數有錢的主人，他們對於玩具的選擇也非常的謹慎，他們不願意自己的狗咬著那種破銅爛鐵玩具，也不願意供應一種被狗一咬就破或是就壞掉的玩具，各種社交層次的有錢人，也不願意自己的狗穿著破破爛爛而服飾寒酸的狗衣服，而因此損及主人的形象。

一般人對於養狗的理念及目的也有所不同，在農業社會裡，居住在鄉村裡的人們，大多數是從事農業，農耕生活是非常的忙碌，農夫們每日早出晚歸的到農田裡耕種，鄉村的農園寬廣，他們養狗的目的大都是為了看家，如今，在西方國家的都市裡養狗，他們捨棄嬌小玲瓏，甜蜜可愛而又逗人喜歡的小乖乖，他們喜愛飼養體型高大而威武雄壯的大狗，這一些大狗大都是體型凶悍勇猛而卻有和順性格的巨型狗，我們會感到為什麼他們喜歡這種粗獷的狗兒？我們也許可以解釋或是去了解是人們喜歡有了忠心和善解人意的狗，除了平常可以作伴外，當面臨危險和侵害時，能夠捍衛自己的弱勢和有了安全的保護。

優良品種的狗，主人都會讓馴養師來教導和訓練，或由主人親自教導和訓練，經過訓練的狗，與主人和客人相處時比較能夠善解人意，這一種狗在行為與情感上比較能夠與主人取得和諧，也比較聰明，例如當主人今晚有宴會請客時，客人陸陸續續的來到，經過訓練的狗兒，牠們可以意識到今天是個熱鬧的日子，牠們不會無理的吠不停，沒有經過訓練的狗兒就會讓主人頭痛而自始至終吠個不停，又如與主人外出時，在叉口路線的紅綠燈要過馬路時，總會先行在斑馬線上停步，示意主人必須遵守交通規則，紅燈停，而綠燈可以前行。

在重視環保的大城市裡，對於養狗人的品德修養表現各異，我們可以從早上攜著狗兒到公園溜達的狗主人的表現而意識到，有修養狗主人非常重視衛生健康和清潔，隨身帶著塑膠袋，撿拾狗兒的排泄物，而不使之污染市容，而不累及大眾環境的完美，這一種有修養的狗主人，是真正有受過文明教育的薰陶，使看見的人，為之尊敬。然而，並不是如此理由，就可以說只要有受過教育的人都有了此種的共識，也要端看個人的修養功夫而論。反之，有些在綠油油的草坪裡，或是在蜿蜒曲折的小溪旁的綠茵地上，我們會看見煞風景的狗糞尿而讓人覺得噁心，這種除了製造環境的污染外，讓美觀和景緻上也有了缺陷，尤其在環境的衛生教育上更有待加強教育了。

城市人飼養狗當寵物，那就是表現人們的生活物質豐富，又有愛心的流露，然，由於各人教育的程度與接受禮儀的薰陶各有不同，這種不同往往表現在接受文明教育的優良與粗糙，然，養狗人必須了解其行為是否會殃及住家附近四周圍鄰居的安靜衛生和安全，在英國已經有數件案例，由於養狗的疏忽，使得他的寵狗咬傷及咬死自己的家人，甚至於傷及鄰居，或是使得鄰居們倍受驚嚇，如此，反會使優越的環境受到嚴重的污染或是居住都會覺得不安寧，甚至於人們與動物訴之於法庭，所以在考慮動物的保護權益時，人類的權利也不容忽視。

己所不欲，勿施於人，這一簡短的一句話來解釋，那是最為貼切也是最為明確的道理了，文明的都市人喜歡飼養寵物或是再接受寵物時，也得坦然接受和參與環境保護的行動，使動物和人類有了同等的待遇，都有生存的權利和義務，也讓自然環境健康和永續永存，使延續的子孫們也像我們一樣有了好的生活環境。

二〇〇六年十一月二日
格林佛

4 靈感

今年的聖誕節過得特別地安靜而祥和，朋友邀請到豪士頓山頂上踏青，相約就在拆開禮物天「Boxing Day」前往，好一個名詞叫做拆禮物天。

也許你會問我什麼是拆禮物天？原因是聖誕節時，家人或是朋友們送來的各種禮物盒子，必須要等到這一天才可以拆禮盒，不過這已經是習俗，今日的時代裡，習俗不一定人人仍沿用，然，各個大百貨公司和商店，卻以這一天作為商品大減價的開始，有些商家們做出了大手筆，以全面半價來招攬生意，所以這一天各個商店，百貨都是充滿著擁擠的人潮，其實這一天稱為拍賣天反而較為實在。

依往昔沿著伯恩河的人行道漫步，微風細雨，天空時而下著雨，時而出點陽光，風景優美的伯恩河蜿蜒曲折，景色依然，河裡增添了兩對黑天鵝和一對白天鵝，水鴨、鴛鴦、水雞。時令是冬季，河畔的草地是綠中帶點黃顏色，一排光禿禿的樹木，光暈的陽光，照亮了河水倒影，禿枝上有了藍天白雲的飛躍，清晰可人。

遠看幾十隻的白鷗在幾塊綠地草原裡，有些展翅欲飛，有些咕嚕咕嚕地叫著不停，有些跳躍追逐，看見這一幕別具風味的情景，我的甜美寧靜的心靈，也跟著雀躍歡心了起來，此時我的雙腳快步急忙地走過了伯恩橋，也顧不得那是泥濘的草地，突然間，我的雙手張開，飛也似的喊叫著：「喔乎、賀乎」，霎時間，引得群群白鷗鳥們展翅飛翔在寬廣而靜謐的天空裡，他們像是白茫茫的一片片小星點，翱翔在無遮攔的世界，真是美麗極了。

我像獲取了寶貝似的財產，就是僅能抓住片刻而不能隨時捉摸的靈感，它喚醒因為天氣寒冷而僵冷的情懷，開啟了我那充滿智慧的心房，意志。思想、情感像野獸般的馳騁衝擊，我高興而不停地獲取瑰麗似的寶藏，此時是一點一點地裝進心靈倉庫裡，這是多麼嶄新的收穫。

到達豪士頓山嶺上，看見小孩子們歡心地追逐，幾隻富於情趣的風箏在空中翱翔奮鬥，天真無邪的小孩子認真地脫拉引著線。

靈感就像是命運一樣，哪裡能讓我們自主？生怕它會忘記，於是快點兒抓住機會而記錄著。

二〇〇二年十二月二十四日
格林佛

5 離愁

有什麼事比離愁更痛苦沉重？
有什麼眼淚比這更苦澀長久？
生離死別是人生必經而當然的事，
然，接二連三的發生生死之別，
則是令人傷心的事兒。
短暫的分離僅僅是思而非愁，
相思只不過是考驗愛的真誠。
只有那漂泊的旅人，
在許多的佳節獨自默默地度過，
帶著永久的惆悵和輕輕的嘆息……
金屋殿宇、美食滿席，卻拂不去舊屋的影子。
故土家園、兄弟姊妹的叫嚷聲是久久淺入的情感，
就是這樣聲聲息息，

永留心坎而難以忘記那層層的回憶。
「離愁」在朝陽忙碌的生活中，無暇愁緒。
只有在月光皎潔的夜晚，
離愁的腳步就輕輕地來臨。
此時真的拂不去那抽絲剝繭的痛苦。
無刻意選擇，離愁的影子，
不知從何開始，總是與我行影不離。

二〇〇二年十一月七日
格林佛

6 尊重

西方人常掛在口中的一句話是「請尊重別人的隱私」，他們很信守這個原則，然，傳統的華人社會裡，似乎不能了解且幾乎不能遵循這一句話，因而造成頗多的困饒和幾乎不可原諒的錯誤。

是否由於文化背景的不同，以及民族思想的觀念迥異，也因此很讓人不能理解華人是一個熱情的民族，但在信守諾言的約束上卻是徹底的失敗。

其實在我們的社會科學的生活規範章節裡，都有提到「三緘其口」這一句話，意思就是不要去傳播別人的隱私。「尊重別人的私生活」倒不是西方人特有的生活教育，中華文化的經典教育就很清楚地說出「守口如瓶」，從這一句話的文字上來解釋，很粗淺而又很容易地就可以理解，當我們在使用罐頭瓶蓋時，倘若使用得當，並確實的栓緊它，縱使液體的東西，也不會輕易地散流而出。相同的道理，倘若你知道別人的隱私，至少自己必須了解是因為朋友信任你，才讓你知道他個人的秘密，倘若你不守口如瓶，反而到處宣揚，甚至於又添油加醋，在一個族群裡，擅自製造「口舌之災」，擾亂社會的安寧，如此就是社會的敗類，也就是人人所說的「害群之馬」。

朋友，為了使你自己有良好的品德修養與積恩德報，還是好好地多做善事，多施與人一分則多快樂平安。不要自認為聰明而反成為社會的罪人。

二〇〇二年十二月十四日
格林佛

7 挫折

當一個人在年輕時，第一次面臨了挫折，往往感覺到非常地傷心痛苦和難捱，眼前所見的是蕭瑟的冬景，周邊感覺盡是孤冷的殘冬，便以為這是一生中最難以承擔的事情。在此之後，他又會遇到更大的打擊，有了上次的經驗，他稍能解決，然而他會覺得這一次又比上一次更艱難與痛苦。

一個人在人生的旅程裡，走過了半百，面臨的無數的苦痛和艱辛，會以為滄桑都已經經歷過了，應該再也沒有多少的困難和不順利來打擊，於是就會等待著順利的來臨。然而人生是說不定的，殊不知，也許還會有更大的創傷發生在他的身上，但是如果你能了解，任何昂貴的東西都必須付出很大的代價，才能獲得時，你心中就會覺得舒緩些，而不至於會那麼悲哀和難過。這時你只要靜靜的坐下來，仔細的想一想，回頭再看一看，爬涉了千山萬水與蜿蜒崎嶇的道路，不是也都走過來了嗎？如此你就坦然以對，而不至於哀聲嘆氣和自怨自艾，甚至於這些經驗而能使你悟出人生的大道理。

如果痛苦一時沒有辦法承擔全部，何不學聰明一點，使用分期來分擔，留給時間來慢慢地處理，一個人不要捨不得割捨過去，而讓自己生活在痛苦的回憶裡，倘若如此，只會增加你的苦痛更深，如果你仍想要活的話，何不把自己從苦痛的回憶裡破繭而出。大丈夫能屈就能伸，試一試自己的耐力有多少，雖然每一個人的條件，不盡相同，然而人的耐力是可以延伸到極點的，但是要能順利和成功地達到恢復創傷與苦痛，這就必須靠自己的努力與堅持。

不要著急，讓時間來處理，一旦時機成熟時，也許峰迴路轉，你的好際遇來臨了，你會有了柳暗花明又一春。

二〇〇三年一月十八日
格林佛

8 等待

等待是一件焦急而令人難忍的事，它又是令人愉快而歡心的，因為人有了等候，才有了期盼和希望。

倘若在星期假日裡，朋友們來了電話，總會問我：「週末有何計劃？」我則回答：「我正在等待……」她們總會暗地裡取笑，年紀大了，又有什麼好等候的呢？是老情人？是想升官發大財？我不解說也不辯論，只是心想家人，更拒絕當官和發財，因為當官自己沒有本事強求不得，又人只要營飽不缺，生活安逸而精神快樂即可，錢財乃是身外之物。

雖然我還未有安逸清心過，也還沒有真快樂和真享福過，然而我還一直在等待和盼望著。

每日我起得非常地早，於清晨，我喜歡在公園散步，我仰望著藍天，微微的晨星點綴。黃昏時辰，我遠望著漫天紅暈紫雲的彩霞，想到這宇宙只有神才有如此的顯能；於是我知道我的心中所等待的就是有信、有望和有愛。

然而，在白天或黑夜，在風和日麗，或狂風暴雨，無論我快樂、悲哀、傷心或是難過，我都心存感恩而耐心的等待，祂洞察我的心靈深處，永遠伴隨在我的身旁於是我的信心倍增，又勇敢地向前而快樂地等待，真幸福的來臨。

我開懷地笑而被揀選了。

二〇〇二年十一月九日

格林佛

9 仁慈

又是初秋，楓樹下，瑟瑟聲響，雖然尚未見到金黃的落葉繽紛，但是秋高氣爽、風兒微微，已經有點兒涼意了。

我依舊習慣地走過幽幽的小徑，散步於小公園裡，看見成群的小麻雀，聚集在綠色如毯的草坪上竊竊私語。

這一塊青草皮是多麼新鮮而綠油油，那是好心的園丁剛修剪過的草地，如今顯得格外地清新整齊而美麗。

微風吹拂，一陣一陣的草香，撲面而來，草地上留下了蚯蚓和小蟲兒，引來了無數種類的小鳥兒垂青。

遠遠地傳來間歇的「喵喵」聲，我的眼兒朝著傳來的無力的低聲音望去，看見草叢裡有兩三隻被遺棄的小貓，正在大口大口地啃噬著食物。不知打從哪一天開始，這一些骨瘦如柴的小貓，已經接受了附近一位老太太的飼養，雖然牠們仍是個無家可歸的貓咪，仍然住在簡陋的小柴房堆裡，但是至少每隔一天，老太太必定帶來了豐盛的食物：牛奶、麵包、肉碎以及魚醬，使得這些小貓們雖然沒有享受到家的溫暖，卻一樣地能飽食果腹，而不至於挨餓凍死。如今牠們顯得較有精神而互相嬉戲地玩樂了起來。

二〇〇二年十二月十四日
格林佛

10 老故事

老蝸牛每天背著殼，乘坐著火車到城裡辦事，對於久未聯絡的朋友總是掛念不已，然，冬令時際天色昏暗的特別早，回到家已經是很晚，難得有了假日，所以懶散，而深深地窩藏在一個溫暖的洞裡。

憂心忡忡的老蝸牛，身藏在黑色的殼屋裡，已有了些時日，突然漆黑的牆外，「咚」的一聲響，走進了門口一看，原來信箱裡有了飛鴿傳書，那是盼望很久，擔心不已，而來自遠方朋友的信息。可憐一隻美麗的小蝸牛，傳來了心中的難過，訴說難以啟齒的委屈，發出無以自拔的吶喊，但是又有誰能體會她心中的苦悶和所受的煎熬？

她的一言一語，就像我曾經聽過和看過的那相似的老故事，只是這又是另一件個案的開始，她的心中欲求解脫而又無奈地未能割捨。

為什麼人世間總有那麼多的優柔寡斷、又深具難分難捨的情誼呢？

二〇〇二年十二月十四日
格林佛

11 聖誕卡

今年的聖誕節來的特別地快，使我無法想像它會是真的降臨了，我感嘆歲月的蹉跎是如此地不留情，說來就來而一點也不客氣。

一位生長在國外有好幾代的中國家庭，在一個朋友的介紹中認識了我，知道我是拿著筆桿爬格子的無名作家。他們是仁慈、友善、親切而富有中國人傳統教養的家庭，小孩子才剛滿四歲，非常地可愛而純真，想像力特別地豐富。這一對年輕的父母是有遠見而不願自己的小孩失去了尋根的觀念，於是就想到要很早就讓小孩子們學習正統而優良的中文。由於他們不嫌棄我的文品低落，便請我當起他們家小孩子的家庭教師，要我幫忙教授小孩子的中文。他們的熱情與誠懇使我難以拒絕，於是也就擔起這個教職的工作。與這位小可愛而令人喜歡的活潑小孩子在一起，無形中也使我忘記自己的年紀而年輕了起來。

在十二月的星期日清晨，天氣是雲霧瀰漫而籠罩著大地，我照例前往教書，一進主人的大廳，名叫愛佛的小朋友牽著我的手到書房裡，他要我閉上眼睛，不許睜開，並且要一直等到他的許可，於是我按照他的吩咐去做了。他高興又跳躍地來到我身旁，塞給了我一張方形的紙，然後說：「老師，你可以睜開眼睛了。」

我看到這是一張長方形紙，被折成聖誕卡似的，上面畫著藍色的天空裡有一顆紅紅而圓圓的太陽，地上畫著青草，草上有一隻小小的老鼠，那是一張非常可愛的卡片。上面寫著幾個歪歪曲曲且不工整的字樣──「送給林老師」，在綠色草皮上也寫著「小老鼠吃草」，卡片的造型奇特而富含意義，它比市面上的聖誕卡和新年卡來的動人和值得，因為那是他親手製作的，卡片就像他的人一樣充滿了智慧和聰明。

看到了卡片，我意領神會地知道他所要表達的意思，猶記得我曾經教他唱過幾首兒歌，其中有一首是「小老鼠，上燈檯，偷吃油，下不來，喵喵喵，貓來了，嘰哩咕嚕滾下來。」，當時他充滿了疑問，他用英文問了我：「Teacher, where is the mouse?」「Does it run away or catch by cat?」我當時楞了一下，並且回答著：「可憐的小老鼠身上沾滿了油污而咕嚕咕嚕地滾到地洞裡去了。」

在孩子的心目中，是多麼單純，天真，而富於同情心，圖畫上充滿了陽光的普照，有了溫暖和快樂的景色，小老鼠可以很高興地在寬廣的青草上滾動和追逐，而不會害怕被貓給抓到了。

我再三仔細地欣賞和品味著這一張雖非工整卻深具意義的小卡片，我的心也充滿了和平、愛和溫馨而顯得更興奮了起來，我緊緊地抱起他，給予溫暖的親親——「親愛的小愛佛，老師多麼喜歡你。」

二〇〇二年十二月二十四日
格林佛

12 平心靜氣

我的心很是安靜祥和，即使面對著洶湧翻飛的大海、滔滔滾滾的江流，熙熙攘攘的人群，心湖不再激盪迷離。

人，生活在塵世，總是會有憂傷、疑惑和失望。

在有生命的日子裡，沒有一個人能過著安穩、無憂無慮而繁華的一生，只要無風無浪，平靜而安詳，已是幸福。

當你面對著折騰、悲哀、傷心和失望，或是你碰到了困難，又不知如何來解決時，只要輕輕地坐下來，平心靜氣地思考一下，你會進一步地領悟和了解，解決之道自然而生，就能輕而易舉的把事情給迎刃解決。

更新我們的心思和意念，讓生命的小舟在揚帆，而開始另一個新的里程。

也許仍會遇見狂風暴雨的襲擊，哪怕是幽靜平穩的避風港，仍需要接受突變和挑戰。

我心很安靜，並非我有秘方，而是因為在我的生命裡，有了對主的詩章、頌歌和賜予的靈糧。

感謝我的生命底更新之前，我也走過了艱難，荊棘，傷心，難過，失望，痛若和悲哀，才能有今日平心靜氣的忍耐和定力。

二〇〇二年十月十九日
格林佛

第三輯

鳥鳴花豔

1 火雞

一隻被烤得酥鬆脆皮而褐黃的火雞就端在大廳的長桌上，那是在朋友家裡享受過的耶誕大餐，如今想起那一次的朋友聚會，仍然意猶未盡而口齒留香。

在英國，大部分的家庭於每年的十二月二十五日聖誕節來臨時，都非常忙碌地準備著買禮物，以及迎接遠離家在外工作的家人，回到家裡團聚，過著溫馨的團圓聚會。一般家庭過聖誕節，除了像往常一樣，當天早上去自家附近的教堂作禮拜外，到了晚上就是享受著家族團圓用餐的團圓夜飯。

我有一位英國朋友，他是音樂家，平常忙碌於音樂的演奏會的表演，業餘還從事於各種音樂的錄音工作，因此平常與家人及朋友聚少離多，於是，他與其他英國人不同，往往會使用這一個頗為正式的一天，邀請朋友與他的家人共度最為溫馨的晚餐，這一個想法確實是經濟又實惠的一舉兩得的盛宴，雖不豪華，卻深具意義。

接受邀請的都是好朋友，平常都各自忙碌，每逢耶誕節來臨時，天氣都非常地冷，甚至於還會下雪，然而對於他和各個朋友來說，這是一年裡最為難得相聚的好時光，也是整年裡大家最為期盼的一次聚會，所以受邀請的朋友幾乎無任何人缺席，大家都高高興興地參與。

朋友的家就在倫敦的西區，離地鐵的火車站不遠，是一間典型的英國鄉村小屋。小屋的四面有圍牆與大樹環繞，前院有花圃種著各式各樣的花，和綠油油的草坪，後院有幾棵松樹和蘋果樹。隨著耶誕節的來臨，依習俗，朋友在家中客廳裡的一個角落擺放了一棵新鮮的耶誕樹，樹高有五至六呎，樹上掛著各種各樣的小雕飾品和小玩藝兒，這些小雕飾品都來自於東方國家，尤其是台灣所製，嬌小玲瓏，甚為討人喜歡，如小天使、小鈴鐺球、小小燈、小小糖果和形狀不同的小巧克力裝飾、祝福語，以及朋友和出門在外家人寄來的卡片，都一一地陳列著掛在樹上。聖誕樹下擺放有各式各樣包裝精美的禮盒和禮物，客廳佈置得熱鬧繽紛，一片喜氣洋洋的更新景象，使得原本非常樸素而沒有豪華的家具和擺設的客廳，經過小巧的粉飾和裝扮，更增顯了聖誕節的氣氛濃厚，充滿了溫馨和富人情味。

受邀請的朋友裡，有各種各樣的人才，有學生、音樂家、美術家、理財專家，還有電腦設計師等等，這些人員裡有幾位朋友，他們有了相同的喜好，那就是愛好足球，他們都是英國足球隊的支持者，這一天的相聚對於他們來說，可真是又高興又難得，趣味相投，大家抓住這麼好機會相聚，於是見了面，寒喧後沒多久，就開始大談特談他們自己支持的球隊近況。開著香檳，喝著酒暢談，吃個點心，倒是一種享受，還好，他們沒有把英國板球給忘了，於是一夥不約而同地談論著英國板球隊近年來的風光。

英國板球向來不是很受自己英國人的注意、捧場和歡迎，如今一下子，贏得世界盃，把英國人多少年來所丟的面子給拉了回來，從此，英國人似乎也甦醒了，那些默默耕耘，努力勤奮不語而辛苦的板球國手，也備受矚目而成為一日之星。緊接著幸運的來臨，那就是有商人的捧場和支持，更使得他們個個都成為廣告明星而一夜之間成為百萬富翁，真正地成為人人稱羨的板球國手。大家談到板球明星與足球明星的不同，這些板球國手也一樣可以與足球明星們媲美，如今在英國，不會僅僅是足球一枝獨秀，這些板球國手和足球國手在英國人的眼中，彼此是平分秋色的了。

聖誕節這一天，大家相聚在一起吃飯，愉快地品嘗主人自己親自下廚所做的耶誕大餐外，健談的主人，也無所諱言地談論著他近幾年走遍了世界各地演奏的心得，以及頗富感人的故事。從他的談話裡，可以了解深印在他心坎裡的是東方人的人情味較為濃厚，做事較為積極而努力，他的話真正地確實而耐人尋味。

品嘗香脆酥又好吃的耶誕大餐之前，是否也讓我們先來了解什麼是火雞，以及為什麼美國和歐洲國家，都會使用火雞作為聖誕和感恩節的大餐呢？

火雞又名叫吐綬雞，屬於雞形目，原產地是美洲，火雞的頭和脖子光禿禿的，不長一根羽毛，頭部有紅色肉瘤，喉下垂著紅色的肉瓣，火雞的羽毛有青銅色、赤黃色、白色、黑色等多種顏色。雄火雞時常展開尾羽，如同一把扇子，非常美麗，當牠展開尾羽的時候，會發出咕嚕咕嚕的叫聲，這時候肉瘤和肉瓣由紅色變為藍白色，火雞是陸棲動物，可以飛短距離。

火雞最初只有產在美洲，在十五世紀哥倫布還未發現新大陸美洲以前，印地安人早就飼養火雞了，火雞不但肉味鮮美，而且羽毛也很漂亮，可以用來裝飾帽子和外套。

西元一六二〇年，英國第一批清教徒，因宗教問題與當時英王的意見不合，於是在英國北部的城鎮名為約克城，乘坐五月花號船離開了英國，橫度大西洋到了美洲大陸新英格蘭建立普利茅斯殖民地。這一批移民剛踏入美洲大陸時，發現一種他們從來沒有看見過的漂亮鳥類，覺得非常稀奇，這些鳥就是今日火雞的始祖——野火雞。第一批歐洲移民踏上美洲大陸時，人地生疏，缺乏糧食，又遇到了酷寒的冬天，餓死病死的佔了全船的半數。第二年春天，友善的印地安人，幫忙這些清教徒種植玉蜀黍，這批移民度過一段艱苦的歲月。到了秋天，玉蜀黍耕作終於有了豐收，清教徒的領導人非常地高興，於是白人舉行三天的祈禱和感恩儀式，感謝上帝的保佑，他們準備了一頓精美豐富的大餐，並且也邀請印地安人一起來慶祝，會長和他們的族人一起享用大餐，印地安人還把火雞當禮物贈送給他們，慶祝豐收以及吃火雞的習俗就傳遍了整個殖民地，美國總統林肯正式宣布感恩節為國定假日，現在的感恩節於一九四一年由美國國會制定，習俗沿襲到今天，因此很多美國人認為感恩節這一天，一定要吃火雞才算有過節的氣氛。

火雞有兩種，一種是平常飼養的火雞，一種是美洲中部的野火雞，現在一般火雞大都養在農場或是院子裡，由於飼養的技術和品種的改良，使得火雞的重量增加，有了更多的肉，長成的火雞，雄的大約有八公斤，雌的火雞也有六公斤之重，體長大約有八十三公分至一〇八公分，火雞吃的食物包括穀類，果實及昆蟲。

母火雞在每年的三月到八月有兩次的生蛋期，每次產的蛋有十二個，蛋殼的顏色是灰白而帶點兒棕色的斑點。飼養火雞不是一件容易的事情，雛雞非常的脆弱，常常因為潮溼、寒冷或是過分擁擠而死亡，尤其在出殼的五，六十天必須格外地小心地維持衛生，想把雛雞養大必須花九個月的時間，除了要維持環境的衛生外，更要注意蚊蟲的叮咬，因為被蚊蟲咬傷的雛雞很容易受到細菌的感染而全身長了癤子，而臭頭滿臉，怪可憐的，所以養小火雞必須和雄及雌火雞隔離，才能真正維持環境的衛生，保持健康。

近年來我對於烹飪有了學習的興趣，也學會了一點點有關如何來烹飪西餐料理。如今我的朋友買回來了這一隻大約有十五磅重的火雞回家，雖然我只是一位廚房裡的助手，然，最為快樂的莫過於是能夠在這偌大的廚房裡，一面學習一面分擔烤火雞的雅趣。我嘗試著使用中國和英國的香料，並且以燒烤的方法，使得一隻火雞被烤得香噴噴，令人垂涎欲滴，品嘗起來香脆而肉質滑嫩，又富營養價值。這一天縱使沒有參與全程的烹調，也能得到部分快樂和滿足，心靈上也頗為欣慰，對於我的烹飪學習也是一種鼓勵。

火雞放在烤箱裡燒烤，我一面等著，一面在廚房裡幫忙準備著沙拉，微微地聽到烤箱劈劈波波的聲音。燒烤火雞卻讓我想起幾近歷史的陳年往事，那就是故鄉後院的龍眼樹下，成群結隊，自由自在地在玩遊戲的火雞群們，我似乎看見牠們跟在我背後追逐，又似乎聽到了牠們咯咯的叫聲環繞在我的耳際，牠們的影像一幕一幕地呈現在我的眼簾……

故鄉就在那一片寬廣無際的嘉南平原裡，那是一個純樸的農村，一清早，太陽已經露出了圓圓而帶著淺紅的微笑，勤勞而美麗的公雞總不會忘記提醒農夫們早早地起床，準備著牛兒及牛車到田裡工作。我習慣跟在媽媽的後面起床，揉揉我那甦醒的睡眼，拿著一盆媽媽已經準備好的米粒，走到清新的樹下，學著火雞們郭郭郭……的叫聲，將一把一把的米粒撒漏在樹蔭下和我的腳底下，吸引著無數的雞群們，牠們從小樹叢下跑著奔著，公雞跑得最為靈活，母雞總是搖晃著身體，雖跑著跑著，然，肥肥的身體跑不動，卻是落在後。小雞更是嘰嘰叫著喊著追，牠們環繞在我的身邊，低著頭啄食。我看見公雞們個個有了美麗紅豔豔的雞冠，閃亮的羽毛，身體矯健靈活，我可真的開心極了。公火雞總不會忘記在母火雞的面前展現牠那美麗的羽扇，有時候，我穿著媽媽縫製的紅衣裙，走過威風凜凜的公火雞身旁時，牠認為我是牠的情敵，拼命地在我後面追趕，其速度非常快地在我的腳上嬌扭了一把，我的腳頓時流血而痛苦不堪，不一會兒皮膚就青紫了一大塊，媽媽總是護著公火雞說：「你的個子比牠高大，應該跑得比火雞快才對啊！」那時的我，總是不知道原因，為什麼媽媽總是護著大火雞，還使我多麼受委屈地哭了好久。

我坐在茁壯的龍眼樹樹下，看見雞兒撿食著一粒一粒的米粒，就好像時間也一分一秒地過，我拿著一本學校老師要抽考的國語，朗朗地背誦起來，沒多久，牆外傳來康康的鈴聲，是張伯伯正挑著擔兒，沿路賣豆漿以及包子饅頭的叫賣聲。慈愛的張伯伯知道我早餐的喜愛，那是一碗他親自做的碗粿，碗粿上面總不會忘記撒上蔭油膏以及香菜。媽媽的早餐是稀飯，她喜歡品嘗張伯伯親自做的甜紅豆和味王脆瓜，早餐後，我和媽媽則各自忙著上學及到田園耕作。黃昏時，美麗的太陽映照著晚霞紫紅一片的天空，一隻一隻的火雞們，牠們有了整天自由自在的活動也疲倦了，牠們習慣於我咯咯的叫聲，呼朋引伴地圍繞在濃密的樹蔭下，撿食晚餐米粒及青菜葉，吃完晚餐穀物後，牠們也各自安靜地回到自己的窩裡休息，農村的日子過得挺辛苦，卻是非常地樸實自在，無爭嚷而愉快平安。

想著過去，無意間，廚房裡傳來一陣一陣的脆皮香味，正在烤爐裡的火雞也烤熟了，該是客人們相聚在餐桌而大大品嘗的時刻。然而，有一件事情得讓我再想一想，我真的忍心讓這一隻火雞給端出來讓大家品嘗嗎？而我們這一群工作狂人真的能夠把這一隻火雞給全部吃完了嗎？雖然懷著可疑性，但是我的回答是會的，因為今天就是聖誕節，是品嘗火雞大餐的時刻，整個屋內也已經充滿了香味，而且，朋友們已經耐不住腸胃所發出咕嚕咕嚕的叫聲，緊緊地催著快將火雞端上桌。說真的，他們怎麼知道我與火雞有了一籮筐的故事，所以我只能對著這一隻火雞公公說著：「親愛的火雞兄弟，真對不起，請你原諒我這一次對你的懲罰，把你烤成了脆皮火雞，以後倘若我與你有緣，再回到嘉南平原的溪洲園，那麼你就張開你那美麗而迷人的翅膀，展現你那迷人的羽扇，並請你不要在我的後面追逐我和擰我吧！」

想著想著，我不由自主地露出了嘴角莞爾地微笑，快樂地端出了這一隻又香又好吃的火雞，供大家品嘗了。

二〇〇六年七月十六日
於格林佛

2 鷺鳥

攀登了豪士頓山丘，遠眺望著山腳下的景色，一列列的橡樹，一排排的屋宇，炊煙裊裊的煙囪，略帶彎彎弧度的街道，那是位於英國倫敦西北邊的格林佛小鄉鎮，小鎮在陽光閃爍金黃的照耀下，呈現出欣欣向榮的景象。沿著小鎮有一條蜿蜒曲折的布朗河，涓涓地往南邊的泰晤士河流動，一陣陣的鳥鳴聲，悅耳動聽，是牠們的歌聲，吸引我這一位遠離故鄉多年，而思鄉情怯的遊子嗎？或是我喜愛早起，而走在靜悄悄的草地上接受晨露的洗塵；抑或是我偏愛與牽牛花一起快跑，追逐著大太陽？

這一些小小又吸引人的事情，令我百思不解而帶著疑惑，我昂起頭兒，端看著晨曦照耀天空呈現著七彩的魚鱗，正陶醉在這清新迷人的空氣裡，忽然看見一群鷺鳥，牠們振著灰白色的翅膀，猶如一把傘似的張開，發出聒聒地叫了幾聲，旋即翅膀劈啪一聲，群體輕輕地從布朗河的河岸飛躍而起，這一些聲音引起我莫大的驚訝和讚賞，不由自主地舉起雙手向著牠們大聲而歡呼地叫著。我喜愛與自然為伍，我沐浴在這麼美好的自然環境裡，享受著自然賦予人們最為精華的新鮮空氣、鳥鳴、水聲和風兒徐徐的吹拂，我感激神的賜予。

鷺鳥、牛、農夫、田地與我有深厚的情誼，看見他們，想起了故鄉，就感到無比的親切。每當春天來臨時，田裡的農夫們開始從事於春耕的播種，一群群的鷺鳥，非常安靜地站在清水耕田的中央，遠望或是耐心釣魚，或是低頭噬著草蟲，或是站在牛的背上與牛談心作伴，牠們與農夫是多麼地貼近，整個田園的景色是多麼美好，好像被一雙靈巧的手刺繡出來的一幅畫，美麗極了。鷺鷥牠們站久而感覺疲倦時，則躍身而起在天空上畫個拋物線，飛翔片刻，再落腳到另一個田地。每當黃昏太陽落山時，紫紅映照的天空，觀賞鷺鳥是一種視覺上的享受，看見牠們 在高空中作了旋轉式的翱翔和快樂地低飛，空中顯現一片的祥和清澄，牠們的體態是多麼地柔和而輕盈，飛翔的姿勢是非常地美妙而具生命的意義，這是鄉居生活所擁有的一種恩惠和視覺享受。

對於鳥兒我有了特別喜愛的情愫，無論是哪一類的鳥兒我都喜歡，鳥兒的歌聲帶給大地無限的歡心和喜樂，不同的鳥兒也各有其特性，對於鳥兒的命名也頗為有趣，有因其聲音而稱呼，例如鴨子、鵝是因其聲音而命名；畫眉鳥和火雞是因其外型而命名；啄木鳥和魚鷹是因其食性而命名；那麼我們對於鷺鳥又為何會如此地稱呼牠們呢？我們知道鷺鳥是一種候鳥，天熱時牠們就住在北方，天冷時就住在南方，因而隨著氣候而遷徙，而且往往是以農曆白露期間作為遷徙的劃分日，所以鷺鳥也就因此而取名。

鷺鳥的種類有很多，大約有二十多種，然而四種較為特殊的白鷺如黃嘴白鷺、岩鷺、海南虎班鷺、小華鷺，這一些都幾近滅跡，所以被列為國家二級的保護鳥，古時候所說的鷺，一般是指白鷺。

白鷺全身潔白如雪，頭部有羽冠，背上的簑衣特別長，羽肢鬆散如毛，黃眼，黑嘴，黑腳，姿態非常地優美。晨昏之間，春夏都活動在湖沼岸邊或是水田中覓食，以一腳站立，久久不動，看起來還非常地悠然，閒暇自在，喜好群居，以小魚蝦類的動物為食，並不怎麼怕人。小白鷺長三五成群涉水啄食，如有人接近，則只為走離幾步，或是只稍飛一下，又重新飛到另一個田地尋找食物，態度非常地悠閒。牠翹起一隻纖細的腿兒，孤立地站著遠眺，或是低頭沉思，或是點著頭兒尋找魚蝦。縱使白鷺不會唱歌，但是牠們也不需要唱歌，因為牠們本身就是歌，就是詩裡的一幅畫。

白鷺的美麗與姿態的悠閒自在，很受文人雅士的歡迎和喜愛。杜甫有一首詩：「一行白鷺上青天」；王維的一首：「默默水田飛白鷺」；又如白居易的一首：「水淺魚稀白鷺飢」等都是來歌頌白鷺鷥的美。李白曾有一首詩題為「白鷺」：「白鷺下秋水，孤飛如墜霜。心閒且未去，獨立沙洲旁。」這一首詩明白如畫，情景的交融，一隻白鷺從天而降，好像秋霜墜落在綠葉水旁，牠獨自兀立在沙洲水畔，是那麼寧靜閒暇，這一份景象描述了詩人的超脫飄逸，心胸闊達且是一位熱愛自然的人格。

我們對於鷺鳥的悠閒姿態頗為羨慕，我們心中總是會存著好奇，到底為什麼鷺鳥老是在河畔等著？而牠的脖子又為什麼會彎呢？這裡是有一小篇小故事，當我們看完了這一個有趣的故事後，姑且莞爾一笑吧！

從前有一隻鷺鷥鳥的祖先，肚子餓得咕咕地叫，牠飛到附近的水池旁，就在魚的身上打主意，當一群小魚兒游出水面時，牠帶著微笑地對這一些小魚兒說話。鷺鷥鳥說：「你們是一群多麼可愛的小魚，為什麼老是住在這一個又淺又小又窄的池塘裡呢？我知道一個地方，那邊有一個又大又深的水池，我曾經去過那兒，那裡可真好玩極了，如果你們喜歡，則我可以帶你們去那兒，過著自由自在的日子吧！」

小魚兒們聽了，信以為真，都嚷著說好，一個一個非常高興地從水池裡爬了上來，就這樣一條一條地被鷺鷥鳥給吃了。過了幾天，水池裡的魚都被鷺鷥鳥給吃得精光，只剩下螃蟹，鷺鷥鳥當然也不放過螃蟹，於是，又以同樣的方法去騙螃蟹，螃蟹看得出鷺鷥鳥的詭計，於是螃蟹說：「我全身都是硬邦邦的殼殼，你怎麼可以銜住我而飛呢？不如由我來使用大剪夾夾著你的脖子而走吧！」鷺鷥鳥一心一意地只想著吃螃蟹肉，也不疑有它地滿口答應了。

鷺鷥鳥照例把螃蟹帶到岸上，想一口吞下螃蟹，可憐的螃蟹，這時，面對著就要被宰割的時刻，心中難過加上害怕，但是牠想起諸多朋友淒慘的故事，實在氣憤極了，於是鼓起勇氣，對著鷺鷥鳥說：「那麼鷺鷥鳥，請你告訴我，又大又深的水池就在哪裡呢？」鷺鷥鳥見著這一隻就要到手而能被牠宰割的螃蟹冷笑道：「就在我的肚子裡。」螃蟹一邊收緊大夾，一邊說著：「哼！你把小魚兒都騙來吃光了，現在又要想吃著我，我決不饒過你！」鷺鷥鳥一見情形不妙，就要張牙動嘴的時候，不料，脖子卻被螃蟹給夾的不能動彈了，牠痛得直求饒命。螃蟹趁此機會，逮著這一隻兇犯，於是螃蟹說：「饒命可以，但你得把我送回到池塘裡去。」鷺鷥鳥只得乖乖地照辦。

現在鷺鷥鳥的脖子，總是不能伸直，大概與這故事有點關聯吧！那就是鷺鷥鳥的祖先曾狠狠地被夾過的報應吧！

從這一則的故事，讓我們不覺地莞爾一笑，我們也可以了解許多詩人都在吟唱著鷺鷥鳥站在水塘裡的那一份悠閒自在的情態。唐朝著名的詩人白居易卻有其另外的一套描述，白居易說：「水淺魚稀白鷺飢，勞心瞪目待魚時，外容閒暇中心苦，似是而非誰得知。」

這短短的幾句話，就能道出鷺鷥鳥，飢餓難忍，在池塘邊眼睛瞪得大大，盯著水面，苦苦等待著池裡的魚游來的那一份期待，我們可別看著牠是那麼閒情逸致，其實牠的內心可多麼地焦急和苦惱。從實際上來作觀察，我們可以說白居易別有一番見地，把一件事情看得更為仔細，觀物細緻，推斷入微，更為符合實際。

鷺鳥的種類有很多種，如白鶴、灰色的蒼鷺、朱鷺、有鷺鷥、牛背鷺、池鷺、草鷺、白鷺等等。白鶴體型嫌大粗獷而不細微，蒼鷺與朱鷺也一樣地大而顯得稍笨拙，唯獨白鷺最為精巧可人，牠有良好的身材，那雪白而帶點兒灰色的蓑毛，鐵色的長喙，青色的腳成一字地站在牛的背上，頗為得意而自得，只要有一兩隻白鷺站在清水田的中央，或是低著頭，嘴兒尋覓小魚或是小蝦，那麼這一塊小田地就像是一幅畫，悠悠然而富魅力。在台灣的鄉村，幾乎每日都可以見到白鷺鷥在田園裡，見著牠喜愛站在牛的背上與牛為伴，或是緊緊地跟在牛的身邊，雖然不是文人所描述的與牛談心和話家常，然而卻是喜愛站在牛背上等著牛走動時，吃到搖起而欲飛的小蟲子。

我們雖然沒聽過或是看過白鷺鷥張嘴唱著歌，然而美麗的白鷺鷥鳥讓人感覺牠的S型身段，和動作已經是很輕盈，很美麗，當牠飛起時更顯得飄飄然，那不就是像一首令人喜歡的歌嗎？想著想著就讓我更為懷念故鄉的白鷺鷥鳥了。

如今我高高地站在豪士頓的山坡上，看見的這一群鷺鳥並非是令我日以繼夜懷念的白鷺鷥鳥，而是與鷺鷥鳥同樣的鷺科家族的一種候鳥，名叫為蒼鷺。牠有一身灰色的羽毛，黃色的喙，頸長，腳也長，當牠飛行時，可以很清楚看到雙翅外緣的黑色羽毛，這是可以讓人很清楚辨認牠與白鷺鷥不同的方法。

蒼鷺有一個有趣的名字叫老等，這是因為牠經常一動也不動地佇立在水邊，頸子後縮，一副老在等待的樣子，所以才被取這樣的名號來，其實牠是凝神在注意水中的魚兒，一發現有魚游近，呈S型的頸子像彈簧一樣迅速伸出，長嘴一下子就咬住了魚，然後囫圇吞下，再把不能消化的部分吐出來。如果魚兒太大，牠先咬住魚兒的頭部，在岸邊拍打到魚兒不能動彈，才吞食。如果陽光太強，牠就會張開大翅膀，遮住陽光，以便清楚地看見水中的魚兒。據說蒼鷺鳥能夠很有耐心地等候在河岸而能補捉魚食，那是因為牠們的身體能夠產生一種芳香油質，並吸引魚兒游到岸邊，這一些鳥兒才能輕易地捉食。

蒼鷺是一種候鳥，是一種喜愛群居的鳥兒，雌蒼鷺牠們往往成群聚集孵蛋，此鳥每次可以生四至五個淡綠色的蛋，白天就在河口、河岸邊，或是沼澤地區覓食，晚上才飛到防風林或是森林中過夜，因此在傍晚或是清晨就可以看見一大群鷺鳥在空中飛翔，景象是非常的美麗。在歐洲國家，英國蒼鷺很是普遍，根據統計，英國地區大約有兩萬多隻的蒼鷺鳥，牠們自生蛋到孵蛋完成而能自由飛翔，這期間大約需要有三個月之久。

同樣是鷺科的兩種不同型態的鷺鳥，在我的心中卻有深淺不一的感受。看見白鷺鷥鳥就好像牽引著風箏的那一根小小的細線兒，白鷺鷥鳥增添及豐富了我兒時的情趣，有了牠使我更為懷念家鄉的田園，懷念那一片綠油油的稻禾鄉，那一片寬廣無際而粒粒穗穗的稻米黃，如今身在他鄉，聽見蒼鷺聒聒的叫聲，彌補了我因為懷念故鄉而倍感寂寞的心靈。每日沿著布朗河散步，遠遠地就看見蒼鷺在河岸邊老等，牠的那一份耐心，更給我有了莫大的啟示，對於自己身在海外的期盼，期盼自己對於故鄉人能做些什麼？期盼自己在文化的宣揚傳播裡，能擴展到這個海闊天空的圖畫世界裡又有多少呢？蒼鷺的老等啟示著我在自己的工作崗位上，我有了那份忠心的執著，工作時的勝任，以及在工作時與人的相處，總是需要像蒼鷺一樣有耐心的等待，那麼我就會有豐盛的收穫。

二〇〇六年五月十五日
於格林佛

3 杜鵑鳥

懷著快樂的心情，來到我的學生愛麗絲的家裡，她們一家人於最近才搬進了新居。屋宇就坐落在倫敦的南肯新頓區，這是一棟新裝潢得雍容華麗而不失古雅的英國維多利亞時代的房子。

當我一踏進大廳時，長得可愛乖巧又美麗的小愛麗絲，很興奮地拉著我的手到客廳的角落，輕輕地在我的耳朵旁說著：「老師，今天上課時，有一個人會提醒你下課的時間，所以你回家的時間不會遲也不會快，而且會很準時。」愛麗絲帶著頑皮而天真無邪的語氣說著。我心存疑問，然，還是高興期待著今天下課的那一剎那，於是依照往日的教學，開始上課吧！

一個小時的時間到了，牆壁時鐘上突然跳出了一隻灰黑色的鳥兒，唱出美麗的咕咕咕咕的聲音來，抬頭一看，原來書房的牆壁上掛著一座類似古董的木頭雕刻的時鐘，這是一隻灰白而帶黑顏色相間的杜鵑鳥，此時我才恍然大悟，小愛麗絲的話是可愛而深具意義。

提到杜鵑鳥兒，就會使人聯想到許多詩人與散文作家都會為牠的啼聲而寫出纏綿悱惻的文章，牠帶給詩人詩意濃厚，有了無限的情愫。

古時候詩人李白曾經為思念故鄉而寫出一首詩歌，詩的內容大致是說，他在蜀地的時候，曾聞子規的啼鳴，曾見杜鵑花紅，如今身處在宣城這個小地方的三月天裡，又看見了杜鵑花紅以及聽到子規啼聲，使得李白思念故鄉愁腸寸斷。

杜鵑在鳥類中自成一目，就是杜鵑目，杜鵑科各種類的總稱，常見的有大杜鵑，全長約有三十五厘米，尾巴就佔了一半多，知道牠的形象的人並不多，因為平常只聽到牠的啼聲而不見牠的真面目。身體的頭部純灰暗色，兩翅暗褐色，翅膀的背面全是青灰色，頸下胸部和腹部全是白色，同時密布著黑色細橫紋。牠的尾羽長，尾黑色帶一節節的白斑，有一點兒像扇子，常停在多種樹葉叢中鳴叫。牠有特異的鳴聲，聲音好像是ku...kk who ko...ko，如杜鵑啼血猿哀鳴，子規泣血，子規是牠的別名。牠與布穀鳥極不容易區別，布穀鳥的腹面的黑橫紋較為粗一點，尾羽較短，腳也稍短，黃色，兩趾向前，兩指向後，中杜鵑與大杜鵑相似而稍略異，長約有三十三厘米，頭頂和後頸是暗灰色，尾端有一個寬闊的黑色紋，兩翼表面及中央尾羽純濃褐色，其叫聲較為宏亮，是k wi kwo，春夏之間常常久鳴而不休，而且叫得悱惻纏綿。

杜鵑鳥受到世界各地人們的喜歡，牠的聲音不是挺優美，卻受到政治家，藝術家，文學家們百般的喜愛和遐思，而有了各種的詩詞以及音樂等的描述。

杜鵑鳥為什麼會叫做杜鵑鳥呢？

在遠古的時代，在中國的四川省偏西的一帶，有一個小國稱蜀，他們的領袖名叫杜宇，杜宇是一個很好的王，關心人民的疾苦，為了根除水患，大力興建水利，並且派鱉靈鑿巫山，由於認為自己德薄，於是將王位讓賢給鱉靈，自己到了西山修道，死後化為鵑鳥，從此，每到了春天的時候，就悲鳴不已，蜀地的人，聽到了這個鳥叫，就說：「那是我皇帝杜宇的靈魂。」於是稱此鳥為杜鵑。

為何杜鵑鳥又叫作子規呢？

據說唐朝時候有一個詩人名叫顧況，愛子因病而亡，顧況因為太傷心難過，於是，便自己躑躅地走到深山裡，悲天憐地，其子之靈化為鳥，在樹上不停地鳴啼，其哀叫的聲音有如說著：「快快歸去，快快歸去」，因為這鳥口中噴出血而不斷的哭啼聲，來規勸自己的父親，於是顧況便給這一隻鳥兒取個名字叫為子規。

杜鵑又為什麼會叫作布穀呢？

因為牠啼叫的時節正是南方稻穀播種的時候，其聲音很像是在催促著農夫們：布穀！布穀！快點兒種穀，杜鵑鳥的聲音真是扣人心弦，而讓人引起了不少的遐思。

然而，在實際的生活環境裡，杜鵑鳥是不做巢來繁衍其家族和後代，也不撫育幼雛的一種懶鳥。牠在生殖的季節裡，將卵產在地上，銜了兩三個到這一個鶯巢裡，而另外再銜兩三個到另一個鶯巢裡，尤其更甚的是，杜鵑鳥在其產卵期間時，總是注意著森林裡的高處枝椏間有黑領椋鳥，或是巴哥鳥有了鳥蛋的窩，杜鵑鳥媽媽虎視眈眈地伺機闖空，偷偷地在這一些鳥的鳥巢裡下蛋。鵑鳥與鶯鳥的蛋，其大小和形狀非常地相似，鶯鳥在孵卵的時間大約需要兩週，鶯巢不大，當杜鵑小鳥與其他鶯鳥孵育出後，由於杜鵑小鳥的食慾量是比其他鳥兒大，以牠體胖的身軀，漸漸地將鶯鳥親身的的孩子排擠到鳥巢之外，而置之不理的任其死亡，如此小杜鵑鳥就獨自佔用了這一個小小的鳥窩，鶯鳥媽媽不知道在鳥巢裡的小杜鵑鳥，並不是牠的孩子，牠更不知道這是一隻殺死小鶯鳥的小兇手，鶯鳥媽媽甚至於不自知，不自覺地付出無限的愛，天天還是辛辛苦苦地哺育著比自己還要大的杜鵑小鳥。當杜鵑小鳥漸漸地被餵養長大而快要學飛的時候，母杜鵑鳥，不放棄時機而趕了過來，飛落刻在長大的小杜鵑鳥的鳥巢附近的叢林樹枝上，輕輕聲聲地叫喚著，其聲音就像是「小咕咕，小咕咕，快點兒回到媽媽的身邊來吧！」小杜鵑鳥一聽，便本能地知道是母親在呼喚著牠，於是紛紛地跟隨著母杜鵑鳥飛走了，鶯鳥母親犧牲了自己的孩子，而且含辛茹苦地哺育著小兇手長大，其精神是何等的偉大，但是鶯鳥自己自始至終仍然被蒙在鼓裡而不知。聽著實際的故事，知道這小兇手長大了以後，又拋去有養育之恩的母親而遠走高飛，小鶯鳥真的是徹底犧牲自己，著實令人叫屈同情和可憐，不禁為之流淚而感嘆不已。

為何杜鵑啼聲出血來呢？

杜鵑鳥叫時顯出牠有了鮮紅色的赤口，牠嘴內顏色像太陽西下時的紅，就因為如此才被作為借用或是誤以為啼血。

每當晨昏，聽到杜鵑鳥的啼聲，宛如怨婦蒼涼哀戚，在傷心人的耳中，杜鵑一聲接一聲，就是怨笛哀聲，都不如牠的聲音哀鳴，杜鵑已成悲愴的代用詞，不論亡病中有感，悼念故人，寄託相思同病相憐。

我們都知道只要春天一來到，大地甦醒，樹木、花草鮮美翠綠，山谷裡各種鳥類都活躍了起來，彼此互別苗頭，各自唱出最為吸引的歌來表現。各種花兒也不落人後，到處充滿著生氣盎然，欣欣向榮。花兒的開放與鳥兒的叫聲，都各有奇特性，也啟發了各種的傳說和故事。

至於杜鵑啼時花樸樸，三月杜鵑來，一聲催得一枝開，文人都說杜鵑花兒開得滿山紅，那是被杜鵑鳥兒哀痛流出來的鮮血染紅了花開，好像杜鵑花多虧了杜鵑鳥才紅得起來，所以杜鵑花之取名於杜鵑鳥鳴，但是在真實的世界裡這種理由是不成立的。三月及四月的阿里山和陽明山的多種原生杜鵑花，在花開的季節裡，蜂擁的賞鳥人潮，也聽到了山野裡傳來杜鵑啼鳴聲，然而事實上牠們就是過境性質的一種迷鳥。

我非嫻雅人士，然而我曾經在格林佛豪士頓的山嶺上，觀賞到一隻杜鵑鳥高高地在榆樹林上的啼哭聲，其聲悽悽愴愴，著實讓我印象深刻而難忘，我一首詩唱出我對於杜鵑鳥的懷念和期盼。

致杜鵑鳥

　咕咕　咕咕　咕咕
我聽見杜鵑歡樂的啼聲
　曼妙在樹梢
欲見你　我處處尋覓
穿過草地　來到森林
爬上了山崗　走入山谷
仍不見你的身影

　咕咕　咕咕　咕咕
我躺在綠野草地上
聽到你婉轉的啼聲在山巒
　聲聲的呼喚
　時而飄逝　時而君臨
為了尋找你　我處處漫遊

舉頭望樹梢　天空　灌木林
仍不得你的身影

咕咕　咕咕　咕咕
我聽見杜鵑鳥的疊聲
迷樣的聲音
聽到你美妙的聲音
向陽光傾訴　與雲低語
你不是鳥　是無形的精靈
嬌紅了杜鵑花叢
給我迷離的夢境

咕咕　咕咕　咕咕
啊　傷心難過的杜鵑鳥
為何如此嗚涕縱橫
不要哭泣　不要悲啼

你是神奇的鳥
春天的寵兒
快快鼓起精神和勇氣
讓我傾聽你嬌啼鶯鶯
一睹你的芳容

二〇〇三年三月七日
格林佛

4 喜鵲鳥

在英國，每年的二月十四日是一年一度的情人節日，每逢這一個節日來臨時，書店花店以及超級市場，總是以心型的紅色彩帶及氣球高高地掛在店門口，或是大大的畫布剪著心型張貼著，這些都是用來吸引和提醒著人們的注意：大家不要忘記情人節這個深具意義的日子。

在這歡天喜地，充滿著詩情畫意，而富羅曼蒂克的節日裡，不免讓我想起了中國情人節七夕的故事。西洋人過情人節，男女雙方贈送禮物，最為簡單的不外是一張情人卡寫上溫馨感人的話語以及一束玫瑰花（情人節花），然而中國人過的情人節，除了頗富詩情畫意之外，又與花鳥蟲等有了親密不可分的關係，在這一個充滿著快樂而讓人歡心的日子裡，卻有很多使人同情或是使人快樂而不可言喻的迷人故事，這些故事雖然每年都經由長輩或是朋友口傳，或是從報章雜誌，重複地敘述而知道，然而，我們不但喜歡聽，也不會覺得它使人厭煩或是無聊，還讓我們一而再地回味無窮，快快樂樂地過著情人節。

為什麼中國人過的情人節會與花和鳥蟲類有了密切的關係呢？為什麼鵲鳥

兒在情人的眼中會是如此的親切而受歡迎呢？這一些疑問和故事，是多麼引人遐思而迷惑，而欲知其究竟呢？

中國的情人節花就是山茶花，山茶花又稱作中國的玫瑰花，山茶花於每年的春天是最早來報喜的花兒，情人雙雙對對走在茶花樹下，採春茶唱著山地情歌，郎與娘，我們的哥兒倆攜手上山崗採山茶……情人節裡的鳥兒是鵲鳥，鵲鳥總是成雙成對地在樹梢上甜言蜜語而情話綿綿，至於蟲兒就是蝴蝶，穿著薄紗一前一後地在花葉樹叢間飛來飛去，美麗又輕盈。

關於鵲鳥有很多的故事和傳說，古時候女人使用的化妝鏡子，常鑄有喜鵲為圖案的一種面鏡，其意義就是要女子們以鵲鳥為榜樣，也就是詩經上面所說的有鵲巢夫人之德，有人認為鵲鳥有靈性，若有吉祥的事情，牠會飛來報喜，所以才叫作喜鵲，還有人認為，鵲鳥除了在樹上築了一個大巢外，還會在隱密不易被人發現的地方，使用橫倒的木材做成巢，這一個巢就因為在很隱密的地方，所以不易被人發現，倘若發現的人就會大富大貴，這些都是民間的傳說故事。這些想像也許是當時的人，生活太窮苦，想要有錢只好藉著有靈性的鳥兒帶來好運吧！

在各種各樣的民間傳說和故事裡，最為精采，而使人回味無窮的，莫過於是七夕織女會牛郎的故事。在故事裡頭，七月七日的當天，許多鵲鳥會聚集在一起，形成一座鵲橋，好讓牛郎和織女能在橋上相會，這可能是牛郎星與織女星有個白鳥座而想像成的故事情節。然而，大地上鳥兒這麼多種類，有關於牛郎與織女在橋上約會，為何會選擇這一種黑白顏色的鵲鳥來搭橋，而不選擇其他會說話會唱歌的鳥兒呢？牛郎織女與鵲鳥的傳說故事，眾說紛紜，倘若有興趣，就讓我們一起來聽聽和讀一讀，這些故事不外是讓我們在百忙之中能莞爾一笑而精神更輕鬆吧！

農曆七月七日是中國的情人節日，傳說中這一天是天上的牛郎和織女一年一度相會的日子。

有關牛郎織女的故事傳說很多，故事的內容也不盡相同，然，確是大同小異，這些故事都與喜鵲鳥的彌補錯誤和悔過相關。

織女是天上的仙女，長得漂亮又聰明，個性溫柔又乖巧，她有很好的手藝，就是很會織布，織出來的彩布好看極了，沒有人能夠比得上。她每天都織得很多布，天帝很喜歡她。

牛郎住在天河的西邊，負責看管天牛和耕地的工作，他勤勞認真，天帝也很喜歡他，就決定把織女許配給他作為妻子，於是織女和牛郎就結婚了，新婚夫妻兩個人生活得非常地愉快，他們整天嬉戲，到各地玩樂，遊山玩水，高興得忘了工作。天帝好久沒有看見織女所織的彩布，就派了大臣去看看到底是發生了什麼事情，結果大臣回來稟告：「織女與牛郎是因為貪玩而荒廢了工作，牛郎與織女結婚後一個不織布，一個不耕田。」天帝知道後，非常地生氣，就不准他們在一起，而很難過地下了一道命令，規定織女一個人在天河的東邊織布，牛郎一個人在天河的西邊耕田，隔著遙遠的天河，並且他們只能每隔七天見面一次。喜鵲在宮廷的樹上聽到了消息後，馬上急急忙忙地去傳達消息，可是，喜鵲不小心說錯了話，把每隔七天見一次面說成每年七月七日見一次面，牛郎和織女被這一則傳達錯誤的信息而犧牲每七天見一次面的機會，只好每年才見一次面。喜鵲為了彌補自己的過失，於是在每年七月七日那一天，所有的喜鵲聚集在天上，就在大河搭成一座橋，使得牛郎與織女能夠在橋上約會，就在七夕的當天，天上都會下一點點的雨，那就是牛郎與織女相見面時，因高興而流下的眼淚。

中國人非常地喜歡喜鵲鳥，尤其古代的中國人，生活在詩情畫意的圖畫裡，享受著鳥語花香的意境，我們可以從人們日常生活上的一些習俗裡看得出來，例如常以喜鵲作為（喜）的象徵。五代時候的中國人，聞到鵲鳥的叫聲，認為是喜的預兆，所以稱喜鵲報喜，自古以來，文人與一般民眾都很喜愛強勁有韌而開在冬天的梅花，玉潔冰心的梅花是我國的國花，梅花的梅字諧音是眉字，把喜鵲雕刻在梅花的枝梢上就是喜上眉梢的吉祥圖案。

又如廟宇的建築，也很喜歡用喜鵲和梅花的圖樣，來雕塑貼在牆壁上的四面裙堵來歌頌和讚美神，或是擺在客廳內站立而當擋牆的屏風，有春牡丹，夏荷，秋菊，冬梅四堵，合稱為大四季。裙堵中的花鳥獸，就是雕刻匠師口中的所謂四腳花鳥，梅花的樹幹雕以駝背樣，表示蒼勁有力，花蕊朵朵盛開，一對喜鵲一高一低的雕刻在梅花的枝頭上對話著，一隻小鹿漫步於林間樹下，鹿與祿同音代表著高官厚祿，瘦石與壽同音，有兩隻喜鵲對望，就是說雙喜，所以意味著官祿及長壽雙至。

清朝大畫家齊白石老人，有一幅名為喜上眉梢圖軸的名畫，畫中梅花大放異彩，如日中天，兩隻喜鵲鳥成雙成對而一上一下地站在枝頭上，上面一隻向下面一隻注目而視，下面一隻向上面一隻開口高歌，於是歡天喜地的意境表現無遺。

喜鵲鳥大部份分布在歐洲及中國大陸，日本和台灣也有少數，牠和烏鴉同屬於烏鴉科，牠的身體長度大約有二十多公分長，尾巴長又翹幾乎要比身體長，全身是明顯的由黑白兩種顏色構成，背黑腹白，翅尖，體側有一些斑點，翅和尾羽都帶有紫藍色光澤。牠們生活在樹林裡，鵲鳥喜歡吃東西，對於食物的選擇並沒有特別的挑剔，然，最喜愛鮮血和鮮肉的食物，所以在牧場地方以及酒館附近徘徊，又，喜鵲喜愛與人群居，所以在花園各地找尋食物。

在大自然的環境裡築巢是鵲鳥的一個大特長，在眾多鳥兒中，鵲鳥最會做自己的鳥巢，每年的二月到五月的時候，牠就開始銜樹枝，泥巴等來築巢。巢有個圓形頂，這一頂用樹枝築成的厚而堅固，巢裡使用了草、小枝、泥土舖成的，在進出口的地方還用尖樹枝或是帶有一點刺的枝條圍了起來。巢的形狀像足球，其大小可以達到六十公分高，三十公分寬，巢築成過後，可以長期使用而不廢棄，以後只要每年稍加修補即可，所以巢的體積就會增大，喜鵲喜歡一大群聚集在一地來築巢，所以往往在直徑一公里之內的地區裡就可以看見上百個巢，在巢裡，一次可以下六到九個蛋，蛋是蛋青綠色，帶有褐色的斑點，母鵲孵卵一段時日，小鵲成熟後一陣子，才會破殼而出。

在世界各地都可以看見喜鵲鳥，尤其在歐洲的各個國家裡，喜鵲可以說是非常地普遍。喜鵲一般在西方國家的人民心目中，實際上牠是一種惡名昭彰的偷竊賊，很不受喜愛鳥兒人們歡迎的一種鳥兒，也許你會問我，為什麼用如此嚴苛的字語來形容這一種美麗而又被中國人欣賞的鳥兒呢？因為牠殺死了很多嬌小而美麗又會唱歌的知更鳥、黃鶯以及雲雀等鳥的後代。

喜鵲鳥每年撫育幼雛的時間，大約在四月底或是五月初，為了撫育牠的小鳥，喜鵲隨時隨地都在注意比牠小而又很會唱歌的小鳥（如小知更鳥兒們）的巢，倘若巢內有蛋或是未孵育出來的蛋以及剛孵出的幼雛，則偷竊來當作食物，所以喜鵲在歐洲人的花園裡是不甚受歡迎的小鳥。喜鵲鳥的羽毛是很明顯的黑白兩色而又光亮，大都是成雙成對地在樹枝上喳喳喳地叫著，其聲音低沉有如麻雀，牠是一種很是頑皮而好奇心的小鳥，因為牠的眼睛很容易被明亮的顏色所吸引，倘若你不小心將手飾或是眼鏡放在窗戶旁邊時的，一旦被喜鵲鳥看見了，則牠會刁走而到戶外去。

喜鵲喜歡吃東西，哪怕是餐館裡的食物，牠都不放過。在英國，BBC電視台及報紙曾經有一則吸引人的消息說：喜鵲喜歡涉獵酒館喝酒，酒館裡有很多餐飲、食物、零食和各種的酒和飲料，喜鵲也知道哪一家的食物好吃，哪一家的酒好喝，這些鳥曾經為了搶小孩子們手上的食物（例如漢堡或是薯片）而傷害了小孩的指頭，或是在酒館裡喝酒的酒客，只要客人一離開座位，則所剩的啤酒也會被喜鵲們喝光，牠們喜歡而甚至於幾近於瘋狂地喝混合的啤酒而不覺得醉。如今喜鵲鳥兒是英國紅臂酒館的拒絕往來戶。

在自然的環境裡，誠如達爾文的進化論所說的物競天擇，弱肉強食。像知更鳥及雲雀鳥兒，牠們嬌小玲瓏，美麗而又很會唱歌，然而牠們身體嬌小而脆弱，容易遭受到大而強又兇猛的鳥兒們欺侮，就像喜鵲鳥兒以牠那粗獷的身體，沙啞的聲音來驅趕著小小鳥兒們步出了花園綠地，甚至於為了自己和後代的生存，殺死了非同類的很多無辜者的小鳥。然而這些弱者小鳥也會因應得在自然環境下生存，努力營造好自己的窩在最為安全而不易被發現的大樹蔭叢林下，才能保護自己在最為舒適而安全無慮的大自然環境裡生存。

二〇〇三年三月七日
於格林佛

5 山茶花（Camellia Japonica L.）

屋後牆角的一棵山茶花，正值春節期間盛開了紅豔豔的花朵，春意盎然，點染了滿室生輝。

每臨三月雨季風，李花白得滿山野，桃花粉紅滿庭院，李花桃花飄零滿地，惟獨紅暈臉霞的山茶，穩沉而耐久地開放。山茶花開於每年的冬春之際，花姿豐盈卓越，花色鮮豔而端莊高雅，是我國傳統十大名花之一，也是在世界上倍受歡迎的名花。

山茶花原產於中國，是中國的玫瑰，西元七世紀初期時，日本人曾經從我國進口而種植山茶花，到了十五世紀時，更是大量地從我國引進各種山茶的品種，山茶花自從傳至日本後，備受日本人精心的培育與宣傳，使得山茶花在日本甚受歡迎，而普遍地到處栽種著。西元一七三九年英國首先將山茶花引進歐美各國，歐洲各國如英國、西班牙、德國、義大利以及南半球的澳大利亞等國在山茶花的品種上育種繁植生產等方面發展，如今已經有很多品種的發現和培育。

我國栽培山茶花的歷史已經非常地久遠，自從南朝時就有山茶花的的培育，唐代山茶花作為珍貴的花木來栽培，到了宋代時，山茶花已經是從溫州引進到了杭州，明朝更將山茶花進行描寫和分類，到了清代時，山茶花已經發展了有一定的水平，目前山茶花產量最多也最享盛名的地區是在中國雲南、四川、貴州等地，逢年或是過節在花卉市場裡，山茶花已經是冬令主要的觀賞花木，而且在市面上的品種就將近有二百五十多種，其中我國就佔有了一百九十多種，是世界上山茶花種類最多的國家。

山茶花的學名為（Camellia Japonica）別名叫做茶花或是曼陀羅樹，為山茶科山茶屬植物，山茶花屬於長綠闊葉灌木或是小喬木，枝條是黃褐色，小枝呈綠色或是紫綠色至紫褐色，葉互生，革質，卵形至倒卵形，或是橢圓形至長橢圓形，先端漸尖或是急尖，基部楔形至近半圓形，邊緣有鋸齒，葉片正面為深綠色，多數有光澤，面較淡，葉片光滑無毛，樹葉表面黃綠色，由於樹葉類似茶葉，故依此名為茶花，葉柄粗短，有柔毛或是無毛。

山茶花的種子淡褐色，或黑褐色，近球形或是相互擠壓成多邊形，有平面和錂角形，種子的皮角質堅硬，種子含油質，子葉肥厚。

山茶花總是搶先開放在元月昏暗的冬天清晨，桃紅，粉紅，銀紅，豔紅和白色，紫色，綠色等而花期甚至長至五月，它沒有玫瑰的嬌豔，也沒有玫瑰迷人的芳香，常常是一樹繁花，綴滿枝頭，洋洋大觀。然而它的開放，引起我的遐思與盼望，遐思莫過於是對於故鄉前院圍牆下的四棵茶花的懷念，盼望乃是它們帶給我的無窮的希望與好運。

翻開扉頁的照片，看見母親的微微地張起口，面帶微笑的臉龐，似乎正在對著我說話，並且好像若有所思地描述著她與父親的愛情，雖然父母親都已在天堂，睹物思情，它吸引著我有了無窮的回憶以及令人難以忘懷的故事。

那是父親與母親年輕時富羅曼蒂克而與山茶花息息相關的愛情故事，美麗的山茶花，開得滿鮮豔，紅似火，它雖然不會說話，卻深深地維繫著父親與母親之間的情誼，堅貞和愛情永浴。

故居是位於嘉南平原上的一個鄉村名為溪洲村的鄉下裡，祖父是一位好人好事的代表，很受地方人士的愛戴和尊敬。伯父和叔父輩的親戚們非常地多，以祖傳輩份的稱呼和身分和地位來說，祖父母的輩份很高，是一個大家族。父親小時候，備受祖父及祖母的照顧和寵愛，甚而鄉親們的疼愛，然而祖父因工作勞累於一身，很年輕時就過世，父親是祖父唯一的兒子，大家對於父親的期望高，祖母是身兼父職的寡婦，她自己擔當照顧及撫育兒女的責任，也因此祖母對於父親的期望也非常地高，於是父親聽從祖母的叮嚀與教誨。為了不辜負祖母以及鄉親們的期望，父親努力的向學，考取了日本東京大學的留學考試，因此就要遠行而前往日本東京留學了。

父親在未出國留學前，就認識了母親，然當時在非常守舊的社會裡，哪能容許男女雙方公開的談情說愛，父親對於母親的仰慕之情，總是得不到外祖父母的允許，以及母親清純的芳心，於是父親只好扮演著愛情的長跑健將，他時常騎著腳踏車前往拜訪，卻往往被冷落在門外，他也時常寫著愛慕的信函投遞於信箱裡，也因為由於外祖父的固執以及對於母親管教的嚴格，以至於無法輕易地將情書安全地送達到母親的手裡。由於當時的社會非常地保守，信總是落入外祖父的手裡，於是父親想盡了辦法，轉變了傳遞方式，那就是，將愛慕母親的信函，定時掛在外祖父居家後院的一棵紅豔豔的山茶花樹上，愛情的箭總是強勁而富有力量的，哪怕是要經過多少的試鍊以及多少年的追求，也得有耐心去等待，於是母親純潔的心寧與富有仁慈的胸懷，在情竇初開以及單純的青春年歲裡，哪能拒絕得了這愛情箭的射予以及考驗，於是父親獲得母親的芳心後，就高高興興地去日本留學。

父親來到東京後，看見中國十大花品的山茶花，普遍地受到日本人的歡迎。到處栽種著，並且每年在三月的初春裡火紅似的開放，於是每當山茶花開放，父親寄信給母親時，在藍色的信封裡，總是附帶著一片山茶花，表示對於母親的相思與相戀的情誼，這個忠貞的愛情故事就因為有這中國玫瑰的牽引而使得有情人終於成為眷屬。

敘述著父親與母親的戀愛故事，不免使我想起，西洋歌劇《茶花女》的故事，茶花女是法國著名的戲劇作家小仲馬所作的的戲劇作品。

以寫《三個火槍手》和《基度山恩仇記》而排行為世界著名的長篇小說家大仲馬，其庶子名為小仲馬，生於巴黎，他致力於小說的短篇創作，他的思想活潑而觀察敏銳，第一部小說茶花女一出版就普遍受到風靡似的歡迎，於是小仲馬就把它改編成劇本而在舞台上表演，由著名作曲家威爾第的得意之作，這一部著名的歌劇，於西元一八五三年首次在威尼斯表演，以歌劇院上演的次數而論，則遙遙領先於威爾第的其他作品，茶花女的演出非常地成功，觀眾的熱烈讚賞程度，真是出乎意料之外的熱絡，這樣也使得小仲馬擠身成為大戲劇家的行列，也因此小仲馬從此專心致力於戲劇的創作。

茶花女這一部歌劇是描述一位歷盡滄桑的交際花馬格利特，其高潔可憐的身世的故事，她因為愛阿蒙杜瓦珞，而犧牲了自己的幸福和生命，劇中的音樂頗為優美纖細，清澄感人，以明朗快活的情調開始，直到女主角病危垂死時，其音樂則轉為寧靜抒情而洋溢著哀愁感為止。這一部優美生動的作品，具有強烈打動觀眾的傾訴力，和永不退色的新鮮感，在那紅顏薄命馬格利特身上，因其真實的愛而自我犧牲，配上威爾第精采絕妙的音樂，使得觀眾對於演員的一舉手一投足都陶醉神往。發生在故事裡的事，多半是小仲馬自己親身的經歷，在這一部小說和劇本裡，小仲馬表達了在社會上所輕視的墮落世界中，也會有高尚的靈魂，深值得我們的同情，整部小說真情流露，十分地感人，所以留傳至今，仍深受各國人的喜愛。

山茶花花姿豐盈，端莊高雅，其性喜歡溫暖，溼潤和半蔭環境，忌烈日，宜於散熱光下生長，幼苗需遮蔭，但長期過於遮蔭對於植物的成長不是很好，會造成葉薄而開花小，所以成年朱必須要有較多的陽光照耀，陸地栽培，則選擇土層深厚，疏鬆排水良好，酸鹼度在五至六最為適宜，鹼性土壤不適宜茶花生長。

山茶花的繁殖方法，常採用插枝法、嫁接法、播種法和組培繁殖等方法。

山茶花是園林綠化的重要材料，具有花色美，花期長，葉片亮綠而久遠，樹冠多姿，高大生長的習性，常被廣泛地栽種於公園，綠地，自然風景區，和名勝古蹟地區，在庭園中，可以小區域的栽植，或是與其他花卉搭配栽種，是最佳的景點欣賞，山茶花又是盆栽的最佳花品，有一些矮盆花種非常普遍也備受青睞。

山茶花對於有害的氣體二氧化硫有很強的抵抗性，對於硫化氫、氯氣、氟化氰和絡酸煙霧，也有明顯的淨化空氣的作用。

山茶花除了具有觀賞價值外，亦可供切花及作為藥物，山茶花根和花根都可以入藥，多種山茶種子，是很好的食用油，藤沖紅花油茶更是滋補性的材料，果實可以炸油，木材可以供雕刻。其葉可以烘培成茶飲，輔助治療高血壓，花可以治療便血，種子炸油，花的浸提液黃色可作為染料。

看見山茶花朵朵豔紅美麗地開放，沿著花園裡的小徑，來到花兒的面前微笑點頭，嘗試與它說著花語，容我剪了一枝象徵父親、母親、女兒連心的三朵花兒，就在母親節的前夕，小心翼翼地插在瓷杯的花瓶裡，並且點燃一枝香就在爸爸、媽媽的神像前靜思，祈福他們在天之靈祥和並保佑兒女們平安吧！

寫於二〇〇五年母親節前夕
於格林佛

■ 山茶花是中國人的玫塊，象徵有情人終成眷屬。

6 水仙花（Daffodils）

門前的水仙花就在每年母親節的時候開放了（英國的母親節是在每年三月的第二星期），今年的花兒開放得美麗，黃得鮮豔，真叫人喜愛。猶記得，二十幾年前在英國第一次看見水仙花是那麼普遍地被栽種在公園綠地，而且一大片一大片地開放，又每一個家庭的自家花園裡的水仙花，開得鮮黃喇叭似的芳香花卉，因而為之驚羨不已，而印象深刻。

每年春節前後，室外是冷風刺骨，萬般凜冽，冰凍霜寒，而室內總有一盆種在清水裡的水仙花展開了清翠的枝葉，開出了淡雅芬芳，黃而鮮的花卉，使得屋內生氣盎然，人的眼睛也為之一亮，身體暖和了起來，心也倍覺得溫馨，並且也知道春天就要來臨了。

水仙花是中國人每逢過年時年花的一種，它是秋生長，冬開花，春儲存養分，夏休眠，它是天蔥，石蒜科的多年生草本花卉，葉子從卵圓形的鱗莖頂部生出，狹長帶形，句平行脈，葉端圓鈍，十二月至二月花莖從葉中成長，稍高於葉，能開出花四至十二朵，花有單瓣和雙瓣之分，單瓣種比較普遍，每一朵花有六片純白色或是黃色的花瓣，那就是三片花瓣三片花萼所組成，因為水仙花不分花萼和花冠，所以稱為花被。花瓣分內外兩層，內層就在花被的中央，拖出一朵金黃色杯狀的小花，這一朵小花叫作副花冠，非常好看，清奇雅麗，具濃香，是水仙花的特徵，也是它迷人的地方之一。

水仙花的品種非常的多，花形都相當類似，花的顏色以黃或是白為主，有的花被和副冠同色，有的花被白色而副冠是黃色，還有的品種其花被白色副冠是桃紅色，甚至於還有綠色花瓣的水仙花。至於水仙花的形狀，副冠都是杯狀或是喇叭狀。

自古以來，中國人非常注重年節應時的花卉，水仙就是其中的一種，水仙向來倍受畫家、文人雅士所歌頌和讚賞，他們欣賞的水仙花，以花色和花型對於單瓣和重瓣的水仙取了雅致的名字，重瓣形的水仙如漏斗和飛碟，黃白相間，雅致動人，就稱做玉玲瓏，或是千葉水仙。至於一般在我國堪稱的中國水仙，就是我國原產的水仙品種，名為房開水仙，是一種變種水仙。於春節期間種在水盆裡的玉玲瓏，它嬌小玲瓏而芳香可愛，福建的漳州和上海崇明兩地所栽種的水仙，其花色培育得最為美麗和吸引人，尤其以漳州所栽種的品種最為優良也最為著名。

水仙花是一種相當古老的花卉，在古埃及人的木乃伊箱中，曾經發現一種乾的水仙花，估計至少有四千多年的歷史，地中海沿岸的水仙，也早在八百年以前就已經出現在古希臘的詩歌中，世界各地都有水仙花，其原產地是在歐洲，主要的分布是在西班牙、葡萄牙、法國及地中海地區。至於，我國於何時開始栽培水仙花，從歷史的考證裡，我們可以從唐朝段成式裡的記載內大致地知道。大約在一千二百年以前的唐朝時代，歐洲強國羅馬帝國，曾經五次派遣使者造訪中國，該國的使者來訪唐朝時，帶來了水仙根莖，根大如鵝卵，葉長三四尺，似蒜，中心抽條，莖端開花六出，紅白色，花心黃赤，不結籽，冬生夏死。由此可見，水仙是來自羅馬帝國，水仙也自唐代札根種土後，就在我國已經有了悠久的移植史，從此這一朵友誼使者就受到中國人的喜愛而成為中國的十大傳統名花之一，而倍受歡迎。

十九世紀以後，由於英國及荷蘭大力推廣水仙花，他們培育很多新品種，台灣各地花卉園藝中心也都有引進國外的品種，像是圍裙水仙、喇叭水仙、黃水仙、澄黃水仙，這一些國外水仙，一般被稱為洋水仙。洋水仙的花朵大，變化的種類多，花姿優雅而花色鮮豔無比，水仙目前是甚受歡迎的寵兒花。

至於洋水仙與中國傳統的房開水仙，它們的美麗和韻味是非常地不同，西洋水仙富於熱情豔麗，而普遍受寵愛，中國的水仙花性喜歡溫暖溼潤的氣候，得水就像凌波少女，翩翩欲仙，清秀俊逸，所以雅號就稱冰肌玉骨凌波仙子。它能憑著水而開花，已經算是很稀奇，而又以高雅名貴的沉香為骨，以晶瑩剔透的碧玉為肌，顯得冰清玉潔，脫俗超凡，一派仙姿神韻，它那黃白色的花和悠悠的香味可以媲美冬日的寒梅。又嬌小玲瓏的水仙花，素潔的花蕊，像是白玉雕琢而成的耳環飾物，搭配在仙女的頭上，使得這一些閉花羞月仙女，更加神采奕奕。

在過年時節，人們總是希望除舊佈新過後，心中充滿著新的希望，水仙像是玉玲瓏，有了青翠光華的綠葉，直立的花梗，疏落有致的花序，冰肌玉骨的花瓣，芬芳清幽的香氣，著實令人有了清新而脫俗之感，帶給人們有了新生命。又農曆春節時，由於中國人向來以水仙象徵神仙富貴，所以國人習慣買水仙鱗莖，直接放在水盆裡，用清水來養，到了一月二月，也就是農曆春節時，正好開花，就是吉祥的好兆頭。

然而水仙真的能終身活在水裡嗎？當然這一個答案是否定的，它仍必須在污濁的土裡吸取充足的養分，才能生長，而長在潔淨的水裡開出清香的花卉，從植物的科學知識上來說，水仙花是一種百合目，石蒜科鱗莖植物，這一種鱗莖就是多數儲存養分的變形葉片層層包裹而成的，它是從秋季鱗莖抽葉，春季開花結實，夏季花兒和梗就會枯萎，鱗莖生葉期間綠葉所製造的養分，除了能供結實外，又能在地下產生新的鱗莖而繁殖種類。

各種水仙花除了花形略有變化外，葉形和鱗莖的型態類似，葉片是線形或是帶狀，可以長到十至十五公分，鱗莖是用來繁殖，外層有咖啡色薄膜保護，由於水仙的鱗莖像蒜，而從鱗莖抽長出來的的葉片又叫作蒜葉，所以古時候人水仙為雅蒜，一句有趣的俚語「水仙不開花，裝蒜。」栽種水仙花適用鱗莖或是種子，鱗莖的栽培法是在葉片枯萎後，掘起鱗莖，陰乾，收藏到九月或是十月才栽種，等到來年的一月或是二月就可以抽莖發芽開花。

家庭式的水養水仙花，培養的時間可以在春節前，於每年的十一月下旬到十二月上旬，將水仙鱗莖外面的褐色膜皮剝去，也將鱗莖底盤的乾枯葉根刮去而勿傷到底盤。必須適當地保持水的溫度在八到十二度C為宜，並且需要有充足的陽光，倘若陽光不足則水仙成長不好，或是溫度超過十五度C時，易引起葉子成長迅速，反而使得美麗的花兒不開，而失去觀賞的價值。水養水仙有三個階段，那就是生根期、抽葉期、開花期。生根期溫度要較低，主要是抑制其抽葉而使其生根，因為養根系發達，則吸水性強，可以保證其後期會生長得很好。抽葉期是生長的旺季期，要有較高的溫度，大約在十二度以上，使抽芽茁壯。後期為開花期，要求的溫度必須均衡，才能使開花完善良好。

水仙花是一種具有生命的藝術品，由於它可以用來作別具一格的雕刻藝術造型，以至於能在所有的花卉中獨樹一幟。水仙花的雕琢藝術一般最為普遍的是蟹爪水仙、茶壺水仙和花籃水仙等等。

水仙全株都有毒，尤其鱗莖部分，當誤食時，會引起消化道與循環系統的疾病，嚴重時有可能會發生休克，痲痺而死，所以在保存鱗莖時必須特別注意。

至於水仙喜歡生長在水邊和陰溼地，所以有關它的傳說和神話，不論中外都離不開池畔，水仙的英文名叫Narcissus，音譯為納希瑟斯，在希臘神話中，這原是一為美男子的名子，故事是說這一個美少年，有一天在池邊的水影中，照見自己有英俊的容貌，從此十分迷戀自己水中的影子，而天天就坐在池邊，最後竟然投河而死，他死後，在池邊長出一叢叢美麗的水仙花，人們因此就叫這一種花為納希瑟斯花了。

二〇〇三年六月三十日
於格林佛

■ 水仙花淡雅芬芳，黃而鮮的顏色，期則美好，而生氣盎然。

7 木蘭花

嚴寒的冬天，大地一切靜悄悄，這是植物甜睡休息的時候，等春天一來到，各種各樣的花兒有秩序而不爭先恐後的張著嘴兒，向大地微笑。

花兒像人類一樣是有生命的，當我們在欣賞花兒開放時，有些花兒開得響叮噹，豔麗無比，有些花兒卻是顯得脆弱而易於凋謝；這就是花兒也像人們一樣，要開放得青春又富朝氣，能帶給大地奼紫豔紅、繁華熱鬧，就需要在這靜謐的冬天裡吸取大地晨露的精華與接受晚間霧氣的滋潤，積累和蘊藏精力，才能滿枝光華奔放得持久。

春天是植物花卉最為活躍的季節，當我們散步在公園的小徑，或是坐在花園裡任何角落的座椅上，總是聞到周邊有了陣陣的花香撲鼻，精神也會為之一振，原因就是翠綠的植物帶來了眾多的芬多精，這是自然的賦予，它能提供人類新陳代謝的能源，幫助人類增加抗能，又各種花卉的登場，更賦予人們有了豐富的視覺與嗅覺的饗宴。

花兒的種類有草本和木本，有屬於多年生或是一年生的區別，屬於草本植物的，有如澄黃而豔的水仙花、湛藍的迎春花、紫紅的番紅花、鮮豔純黃的水仙花，朵朵像喇叭地排列在公園綠地上，芳香舖滿了整個花圃，引來蜜蜂與蝴蝶的傾心，平添了公園熱鬧的氣氛。有些屬於木本植物的花兒，有如粉彩而薄翼的木蘭花、芳香撲鼻而白皙的玉蘭、剛毅挺拔不屈不饒的梅花、熱情奔放而豔紅的櫻桃花、粉紅的梨花、芳香滿山野的中國山茶花以及白茸茸的李花等等，這一些花兒，它們都是農神賦予大地兒女來欣賞的，並且在一年裡有秩序地開放。

在一個寒冷的冬天早晨，一部大的吉普車，乘載著一棵木蘭花，從倫敦北部依爾佛得郡的威斯利著名的花卉園藝中心，千里迢迢地來到格林佛小鎮，至親朋友李察．翰姆特先生的家裡，鄰居們興高采烈地圍繞著這一棵樹欣賞，並且觀看著園藝家們如何來栽種它。李察擁有了這一棵木蘭，心中甚為愉快，因為這是他的母親和女朋友甚為喜愛的花卉，於是就吩咐園丁將它栽種在名為紅屋前院的花園綠地裡，與高大茁壯的的楓紅樹為鄰。這是一棵粉紅而帶一點微白的木蘭花兒，已經結有了粒粒的小花苞，這些小花苞就像小果實一樣，閒掛在枝頭上，隨著風兒搖搖晃晃，甚為可愛而宜人。李察擁有了這一棵樹而感到非常地滿足和歡心，他高興期盼著這一些木蘭花兒的小花苞能在隔年的春天裡熱情的開放。

看見朵朵粒粒的木蘭花苞，不免使我想念著位在嘉南平原上的故鄉溪洲家園，一棵高壯挺拔的玉蘭花樹就在故居的後院，那是老祖母栽種的，樹的品種還來自中國大陸福建省的漳州，它長得高而有了茁壯的軀幹，枝葉繁茂而樹蔭遮日，橢圓形的樹葉是大大而綠油油的，每年的春天至夏天總是開著白皙而芳香四溢的花卉。蟬兒總是在豔陽的夏日裡，愛在這一棵玉蘭花的樹枝上大聲地吟鳴，嬋兒聲音高而尖銳，整天嘰嘰地叫不停，其聲音高至雲霄，打破了令人煩悶的夏日暑氣。松鼠也喜愛在高高的樹上爬上爬下，鳥兒更不落人後，總是居高臨下地在樹枝上架起了牠們溫暖的窩，晨起高歌鳴吟，黃昏嘰嘰喳喳地叫著小鳥兒回巢休息。

我依稀地記得，在炎炎的夏日裡，一家大小喜愛坐在濃密的玉蘭花樹下乘涼，在這一棵花兒的樹蔭下，品嘗媽媽煮的花生綠豆湯，以及哥哥從附近的台糖農場買回來的冰棒，大家分享著，甚為愉快和溫馨，感覺是多麼地涼爽和舒適。弟弟嘴兒饞，總是大口大口地舔著冰棒，水滴沾滿了他的身子和圍兜兜，看見他吃得很滿足而笑兮兮的樣子，真是可愛極了。歲月如梭，歷經了幾十年，我們都已經長大成人，而且各有了家庭，分散世界各地，而居住在異地他鄉。

老樹也因為有了年紀，加上每年故鄉的夏季，都有大小不同的颱風侵襲，和疏於照顧，舊有的老樹，枯枝殘葉而死，幸運地，多年前哥哥採用了插枝法將舊有的玉蘭分枝培育而成為一棵新種的玉蘭花，茁壯挺拔地長在故鄉的後花園，如今，回憶起兒時的玩樂，好像一場一場的景致，又一幕一幕地呈現在我的眼前，不免又讓我淚水沾滿了衣衫。

玉蘭花的樹葉非常地大，秋天一來到，落下的樹葉糜爛而只剩下葉脫時，那會是很好的乾燥花材料。小時候，並不懂得什麼是乾燥花，只知道將乾枯的樹葉，彩上了五顏六色的水彩，使得原本枯枝樹葉與花托，成為各種不同顏色而美麗繽紛的一片片乾燥的樹葉和各種不同顏色的花兒，將它們一一地插在花瓶裡，平添屋宇有了朝氣，帶給客廳為之喜氣洋洋、清新無比。

木蘭原產在中國湖北，栽培的歷史已經有很多年，現在世界各地都有栽種，木蘭又叫做辛夷、紫玉蘭，木蘭、木筆、房木等等，名稱很多，但各地方的稱呼都不一樣，它是落葉大喬木，幹直立，樹皮灰白色，小枝平滑，帶褐色或紫綠色，有很明顯的皮孔，芽上有細絨毛，葉互生倒卵形，全緣，先端和基部漸狹，上面深綠色，下面淡綠色，葉脈在下面凸起。

木蘭花在發葉之前就先開花，或是葉與花一起開放，花開在枝端，單生，有三枚小型萼片，卵狀披針形，帶綠色，花瓣六片，外面紫色，裡面白色，瓣片長圓，形狀是倒卵形，三片排成一層，排成兩層，花姿高雅，沒有香味。

木蘭的樹皮，葉和花，都含有揮發性油，採取花芽和花蕾，經過焙乾，可以供藥用，作鎮痛劑，治頭痛等病症。

木蘭已經很普遍地栽種在世界各地，在英國，很多古堡和一般家庭的花園，普遍栽種著木蘭花，木蘭花品種很多，同屬的樹木，共有六十幾種生產在亞洲和北美洲，都是作為觀賞的樹木，我國自唐代開始，就已經栽培此種植物，在當時就有二十多種，較為我們常見的有下列幾種：

■夜香木蘭：這一種木蘭花因為到了夜晚，才有濃郁的香味，所以又叫著夜合花，它是長綠灌木，單一花，自葉腋生出，花梗向下彎曲，花瓣六片，排成兩列，乳白色倒卵形，辦片肉質，除了供觀賞用外，花用於薰茶。

■洋玉蘭：又叫廣玉蘭，荷花玉蘭，它是白玉蘭的姊妹玉蘭花，是一種常綠喬木，先葉後花，夏季開放，白色芳香，形似荷花。洋玉蘭產於美國南部，在台灣各地都有栽培，每年六七月間自葉間抽出花梗，梗上密生絨毛，花朵很大是杯形或是荷花形，直徑約三十公分，花瓣六片倒卵形，乳白色有香氣，花萼兩片成花瓣狀，果實為卵形，紅色聚合果，洋玉蘭的花瓣是製造香水的原料。

我住在英國倫敦的小市鎮，名為格林佛市，小市鎮裡的老田巷內有一棵洋玉蘭，葉為橢圓形，葉形長達三十公分，寬十五公分，上面暗綠色，葉的兩面幼時有絨毛，長大後變得光滑，樹皮暗褐色，有豎向裂縫萼花淺蝶形，直徑二十公分，鬱郁芳香，有九枚肉質花被片，外面三片為綠白色，內側六片為乳白色展開，晚夏開花時，香氣馥郁，果實為圓柱形聚合果實，長十公分，綠色成熟後成為淡褐色。

一株株玉蘭像梳妝打扮過的仙女，光潔鮮麗，姿態嬌美，有如著了素雅服飾的仙女下凡，圍繞成圈如雪一片，好像在那兒表演著霓裳羽衣曲，玉蘭孤直挺立，玉樹臨空，晚風一吹來，香味陣陣飄，月亮徐徐上升，花兒款款，那是多麼美麗的玉蘭夜景，玉蘭雍容端麗，詩人形容它的顏色如冰玉生輝，如素娥衣，如晶瑩剔透的雪，讚美它的型態，清純玉女能跳霓裳羽衣曲，說它的丰姿像楊貴妃，說玉蘭的芳香像夜月初上送來沁人心脾的芳香。

木蘭長得亭亭玉立，公園或是庭院廣植木蘭，開花時彷佛雪海霜島，詩人以其樹美花妍芳香兒吟詠它，建築家以其樹幹茁壯可作為建築之棟樑而看重它，民間喻以其才幹非凡的美丈夫而喜歡著它。

二〇〇四年一月三日
於格林佛

■ 木蘭花的開放青春富朝氣，帶給大地奼紫嫣紅，繁華熱鬧無比。

■ 我喜愛木蘭花的含情脈脈與芬芳，我畫了木蘭傳遞愛的期盼和賦予。

■ 我畫了這一棵木蘭花，它含苞待放，深具隱隱約約的美，富青春又富魅力。

8 牽牛花

紫紫　紅紅　牽牛花
藍藍　綠綠　朝顏花
倚在小欄杆
黎明開著花
排隊吹奏著大喇叭
追逐著晨曦
染紅碧藍的天
鬍鬚長又捲
藤蔓條條繞圈圈
欸欸軟軟偎依在樹上
漏斗闔上了眼
與銀河說再見

牽牛花又稱為朝顏，一清早就與太陽追逐，它有柔軟的莖沿著圍牆繞，跟著樹兒爬，花兒張開口像是一朵朵的大喇叭，它是我最早認識的一種花。

小時候，在學校或是家裡的圍牆，從上垂下有十條二十條的麻線，牽牛花的藤蔓一根一條的環繞而往上面爬上去，看見一朵朵花兒盛開著，顏色有紅紫、藍、白等各種顏色，美麗萬分，花朵點綴在綠葉之間，猶如天空上的星星在閃爍。當你走過它們，總是會用手去接觸著它，摘著花兒將它夾在耳朵上，像個夏威夷的小姑娘，同時會脫口而出，啊！小喇叭，小喇叭，隨著這一聲的驚呼，於是花兒的名子就深深地烙印在我們的心坎裡。唸小學學校上的美術課時，還會摘著花兒來作樣本，是畫喇叭線條的最好材料，它是第一個讓我學會畫花兒的花。

牽牛花是旋花科的一種，分布於熱帶與亞熱帶，夏季是開花的季節，不過在春秋兩季也一樣可以看見它，有一年生的蔓生草本或是多年生草本植物。牽牛花整株植物都備有粗梗的絨毛，它的葉子是互生，形狀是心形和三角形兩種，有長長的葉柄，葉片的形狀也跟著變化多端，由於它的蒴果實很像盆子，又叫著盆甄草，是一種纏繞的草本花草，於是又稱草金鈴，由於它的花兒一般都在清晨開放，午間閉合，所以日本人稱牽牛花叫作朝顏，日本人非常喜歡朝顏，他們栽種一大片的牽牛花在前院，並且每年都為牽牛花舉辦展覽會，形形色色，五彩繽紛的花聚集，各方人士雲集賞花，是一個很大的節日。

牽牛花的花兒是由葉腋長出，一梗上有三朵花，單瓣或是重瓣，花冠成漏斗形，花梗看來像是一朵大喇叭，所以稱作喇叭花。花莖很長，約有三米或更長，花期大約在六至十月間，花兒隨著體內的化學變化，花朵的顏色也會有所變化，有時白色，有時藍色，甚至於是美麗的紫紅色。

近年來由於園藝的栽培技術進步，花朵的形狀，不再是只有漏斗型了，花朵很大而薄薄的，形狀酷似喇叭，真像黎明的號子，催著人們要積極進取，奮進努力，勇往直前的戰鬥精神。而且牽牛花的花期很長，花兒的藤蔓成長快速，無時不做迴旋向上而不回頭，象徵著人們有了朝氣蓬勃的生命力，有英勇不屈不撓的精神。

牽牛花是一種野生花卉植物，它的種類非常地多，它們很容易地讓人認得出這一種花卉，在花苞時期花冠扭成螺旋狀，花朵開放後成漏斗狀、鐘狀或是盆狀，花大型而顯眼。

日本人喜愛牽牛花，精於園藝的研究改良，使得牽牛花的花形、花色、葉形、葉色等都有諸多變化，奼紫嫣紅，令人欣喜，園藝店可以買到種子來栽種和繁殖。牽牛花在醫學上的用途是它的種子可以入藥，來治療水腫和關節炎，牽牛花兒的花瓣與薑在一起做成薑蜜餞，薑會被牽牛花染上了顏色。

一般人一定會覺得很奇怪，為什麼牽牛花花兒總是在朝開午謝，其生命是如此的短暫？那是因為牽牛花的花瓣是非常地大而薄，又富有水分，而它多半在夏季開花，受到豔陽的照射，花瓣裡的水分蒸發得非常地快，而牽牛花的莖蔓很長，根本來不及從根部補充得到了水分，所以在中午的時候花朵就開始凋萎了。如果花朵開在陰涼的地方，花兒凋萎的速度就稍微緩慢些，甚至於到了下午仍可以看見花朵。另外一個使牽牛花兒壽命短暫的原因是一棵花兒的雄蕊和雌蕊非常地接近，柱頭很容易碰到花粉而授精，授精後的花瓣就凋謝了。

牽牛花喜愛攀著牆圍而成長，與人的情感最為豐富，人們與它有了親切而深深的情懷。小時候，我曾經問媽媽：「為什麼攀在我們家前面院子牆圍上紫色的花稱為牽牛花，而不稱作牽羊花呢？」媽媽回答著說：「因為花兒早起跟著農夫和牛說早安，它與我們最為親近，它的莖很柔軟，環繞牛的頸部獻花，又，匍伏在地上或是攀爬在草兒身上的牽牛花，由於它的顏色甚為美麗和清香，吸引著牛兒不顧遐思地認為有牽牛花的地方就有草兒可以填飽肚子，牽牛花不就是這個樣子來幫我們照顧牛兒了嗎！」，經過母親的解釋，從此我就知道這紫色的牽牛花兒，黎明晨起，就散發著芳香而吹著喇叭，叫醒了農夫與牛兒。它是牛和農夫最為親近也是最為要好的朋友；我依稀地記得我的第一張蠟筆圖畫『牽牛花』，還被選上了第一名，並且高高地張貼在教室的公佈欄，使我高興萬分，那可真要感謝這可愛美麗的牽牛花帶給我的好運吧。

牽牛花匍伏在地上或是攀爬在樹梢，它都是跟著晨曦的升起而開花，薄而清香的花朵隨著太陽的西落而謝，它吸取大地最早的晨露，而開出最為燦爛的花朵，永遠跟隨著太陽，我相信喜愛牽牛花的人，就像牽牛花與太陽同起、同生，象徵著人們過著最有朝氣、勇往直前、不畏懼、不退縮的人生。

二〇〇三年六月三十日
於格林佛

■ 牽牛花象徵有朝氣，勇往直前，不畏懼不退縮的人生。

9 九層塔的芳香

現代人喜歡在自家的陽台上栽種幾盆香草植物，既帶來了綠意，又有食用的價值，像迷迭香、鼠尾草、小粗菊等，都是可食、可飲、可浴的植物，還有一種名為羅勒的香草，頗受歡迎，但是我們稱它的學名為羅勒，反倒是覺得陌生，倘若我說羅勒就是九層塔，那麼你就會驚叫而說：「就是吃三杯雞裡的那幾片讓人走避不及而戀之若狂的一撮綠葉吧！」我的回答：「是的。」

一股薰辣，芳香濃郁，猛烈地從廚房裡撲出，難以招架的氤氳瀰漫，讓人陶醉而陷入如詩般的狂愛，然，它在膳食的料理中，總是謙虛地當起配角的角色，確有化龍點睛之效，在西洋的義式餐飲、東方的泰式、越式、中式和台式的料理，都缺它不可，另外在醫學上也使用九層塔來製藥。

九層塔的歷史和故事

九層塔是唇形科羅勒屬，一年或是多年生的草本植物，原產在熱帶地區，全株具芳香味，由於花苞呈塔形，所以才又稱為九層塔，九層塔是世界最為古老的藥理植物，它在藥材和烹調上具備了雙重的價值。九層塔非常地有禪性，與印度教有著深層的關係。九層塔這一種植物是來自伊朗、印度等古文明國家，是古印度國的聖草，印度人把它栽種在教堂四周和祭壇下，它的香氣和滋味，深深地薰留在諸多古文明的國度裡，衍生了神聖與邪惡不等的象徵。古印度教裡更相信一枝芳香的九層塔與死者同葬，可以護死者一路平安地走在黃泉路上。

亞歷山大王東征時，將九層塔從印度和波斯引進入歐洲，從此九層塔植物就深深地被希臘人和羅馬人所喜歡，羅馬人甚至把這一種聖草，懸掛在門檻外，預防魔鬼敲門以及令人討厭的不速之客。地中海和愛琴海的飲食文化，千年來把九層塔用來烹煮精膾食物，進而發展了琳瑯滿目的各色餐點，也豐富了地中海地區的文明。

義大利人眼中的九層塔，有一則非常悽愴之美的故事在民間廣為流傳，故事的內容是說一對情侶因為男的一方被女方的哥哥謀殺，女方將愛人的頭顱割下，深埋在家中栽植的九層塔盆底，終日以豐盈憂傷的眼淚澆灌，九層塔逐漸地長得鮮怒開放茂盛，芳香襲人，盆裡的骨血與淚汁肥沃了它的碧綠芳香。

英國著名的詩人約翰濟慈將此故事寫成一篇著名的愛情長詩，名為伊莎貝拉或是一盆九層塔（Isabella or the Pot of Basil）盡情地抒發粉紅、綠色和黑色的愛情悲劇。

中國人食用九層塔，三百多年以前從印度傳入了中國，古時候的中國人稱它為西王母菜、羅勒、香菜，有趣的是，道教術家方士曾經使用羊角及馬蹄燒成灰，遍灑在溼地上而用腳踐踏，不久地上便長出九層塔，由於這種玄異色彩的說法，也因此九層塔被稱為西王母菜。

九層塔的營養及葯用價值

九層塔味辛甘性溫，入肺、脾、胃、大腸經，有疏風散寒、行氣活血、解毒、消腫的功效，主治風寒性的感冒，所謂風寒性的感冒，其症狀是為寒痰少舌苔薄等白等，食慾不振，腹脹腹瀉，月經不調等，並且可以改善婦女產後腰痛及幫助兒童發育，燥體質者，不宜多吃。

九層塔的成份包括水份、蛋白質、糖類、鈣質、維生素A、維生素B_2及芳香精油。

黃樟素是一種自然界的精油木，九層塔也有黃樟素，其含量並不高，在一般食用的頻率的情況下，不必有所顧慮。九層塔的使用及療效，在民間的使用上非常的普遍，例如使用九層塔嫩葉，用麻油煎蛋，導入少許的米酒，作為產婦坐月子的食物，可以改善產後腰痛、風寒、感冒。倘若以一半老薑，一半九層塔加紅糖煮成薑湯，其治療感冒的效果也非常地好。牙齦種痛也可以用少許的九層塔加水來喝或是漱口，其效果也非常地好。

對於壓力大，慢性疲勞，或是時常腰酸背痛的人，在水裡加九層塔或是滴幾滴九層塔提煉的香精油而作泡泡熱水澡浴，就可以達到芳香療法的減壓效果。

九層塔的料理

如何使用九層塔作整年可食用的九層塔沾料，那就是使用一個乾淨的大碗，將切細或是未切細大約二十五公克的九層塔，倒進一百五十升的橄欖油裡（大約三分之二），加少許鹽，胡椒粒，混合幾分鐘，裝入可以封緊的玻璃空杯罐裡。

九層塔煎蛋的藥效及做法

材料：雞蛋四至五個，九層塔一大把，大約台幣十圓，蔬菜油，醬油一匙，鹽巴一小匙。

做法：雞蛋打入一個碗公裡，將九層塔剁碎加入，也可以用整片葉子，將醬油和蔬菜油及調味料拌勻，加入一點油與醬油來拌勻，其主要的原因，是要使雞蛋在煎時能夠蓬鬆可口，醬油主要是配色所以不宜加多，鍋熱後隨即倒入雞蛋煎之，煎時要注意火候，倘若能夠甩鍋翻面則蛋會較為完整，這一道菜不只是可用九層塔，而也可以將九層塔改為蔥，記得小時候時常由媽媽煎蔥蛋，作為午餐的便當菜，那就是著名的蔥花蛋，又叫做聰明蛋。另外使用蘿蔔乾煎雞蛋也是一道非常可口且下飯的便當菜，便宜、營養、口味很特殊，簡單而容易學。

使用九層塔的功能及藥效

芳香的九層塔可以清肺益氣，治婦女病。

將麻油與九層塔和雞蛋打勻同煎，可以治腰骨痠疼。

九層塔的根曬乾後切成段和片，加入米酒燉排骨，是一道很好吃的飯菜，可以治療風溼，是青少年發育時期轉筋骨的一道秘方名菜。

醉飲三杯雞，濃烈芳香迷人的九層塔，在笙歌嘩笑，燈幻影迷離的啤酒屋裡，鮮活了雞肉在口中的口感，九層塔的濃香魅力掩不住對於性愛的渴望，所以非洲海地土著深信九層塔對於愛情有奇異的魔力，就好像西方國家相信愛情之神邱比特離不開箭一樣。何以我會如此地描述著它呢？特別的懷念。

九層塔的故事以及它的使用價值是如此的豐盛，而它的一生無償地供應家家戶戶廚房的需要，不免也讓我想起位於嘉南平原的溪洲村裡的農戶人家，他們的屋子前院或是後院都有種著九層塔。我的故居宅院前，也有了一棵又大又壯的九層塔樹，那是媽媽在世時栽種的，數一數它的年歲至少也有四十多年的歷史，前幾年因為颱風多，聽嫂嫂說，原來的老樹年歲大，有較多枯枝，又由於樹老枝幹體弱，經不起颱風的摧殘，被風吹得連根拔起了。乍聽之下，不免使我難過，更為它起了憐憫之心，因為九層塔樹，無怨無悔，以迷人的芳香擔起供應廚房需要的責任，九層塔無愧為禪學裡一種有骨氣的常青樹，老樹知道自己年歲大，枯枝易萎而殘葉，如今它的責任雖然終了，幸好，早在十年前它也做了傳宗接代的責任，如今它已經有了幾棵鮮豔而強壯的樹孫兒，擔當起家人喜愛食用九層塔的供應，所以我說九層塔是禪學裡的偉大樹，一點也不為過。

九層塔既然有這麼多的好處，懷念故鄉，何不快點兒拿起嫂子寄來，曾經由母親親手栽種，而已經兒孫滿堂，傳宗接代的優生九層塔種子，快快地將它們栽種在這芳香的英屬地的前院以及後院花園裡，那麼它也會像長在故鄉地一樣，帶給我更為有價值和更有意義的台灣鄉土文化情。

二〇〇五年九月九日重陽節日
於倫敦

10 馬鈴薯的魅力

朋友王小姐是一位資深的旅遊嚮導，她善於介紹英國的人文文化和歷史，對於來英國觀光的遊客，作了十多年的服務，她對於英國歷史的解說，敘述得非常動聽而吸引人，對於遊客服務周到，使得遊客都有賓至如歸的感覺，遊客們對於英國的城堡和歷史很感興趣，尤其對於皇家貴族，以及英國人的食衣住行都充滿了好奇。

遊客們所問的問題是層出不窮，然而都是大同小異，在飲食方面他們所問的問題不外是：英國有什麼比較具特色的食物可以吃？在採購方面，哪裡是英國最為熱鬧的逛街區？哪個地方可以買到便宜的名牌衣服和西裝？充滿好奇地問英國有什麼好吃的食物？問這一個問題的遊客，大都是來自世界各地區的華人，說真的，環繞著地球的世界各個民族群裡，比較喜歡談論飲食的民族，以及對於吃的藝術比較有研究的乃是華人，我作了這一種比較，對於台灣的朋友更不用產生質疑，因為他們每年光是在吃的消費上，就很驚人。華人朋友有機會去外地參觀時，對於旅遊所問的問題仍在於吃的藝術裡，那是本性使然，因為我們從小學過的人文歷史的教育是「民以食為天」，事實上，人的肚子也必須有了溫飽才有力量做活，才有衝勁，做起事來才能稱心如意，所以問起英國有什麼食物可以吸引人品嘗的？這一句話，在華人的心理，是一則很普通的問題，只要有華人在，這一個問題是會永遠縈繞在華人的胸懷。

回答這一道題目，可以用很簡單的文字來說明，堂堂的大英帝國好吃的食物就僅僅是「薯條魚」，也就是炸馬鈴薯薯條和炸新鮮魚。

薯條魚在英國很受歡迎，而英國國內從事於炸馬鈴薯以及炸魚的餐廳比比皆是，然而薯條魚要炸得香脆，可口好吃，則不是一件簡單的事兒，對於魚的選擇，魚的新鮮度，魚的處理方法，油炸用油和油炸時間，以及油炸時的火候等，都是富有技術性。我們一定會質疑為什麼一個大英帝國，竟然把馬鈴薯當作最具有代表性的國家食品，其特色是在哪裡？當我們要認識及品嘗炸薯條以及炸魚之前，我們得先認識什麼是馬鈴薯？

馬鈴薯是茄棵茄屬植物，又名「山藥蛋」、「洋芋」，是目前世界上除了穀物以外，可以用作人類主食的重要糧食之一，主要是食用其地下塊莖，在全世界被廣泛的耕種，它對於土壤的適應性非常的強，但對於氣候要求陰涼冷燥，在溼熱的氣候地區雖然也能生產，然經過一代過後品種會退化，必須引進寒帶地區的新品種。

馬鈴薯的歷史

關於馬鈴薯的歷史，是非常地有趣味性。野生馬鈴薯原產於南美洲祕魯，智利，玻利維亞，和厄瓜多爾等國的安第斯山一帶，一種不知名的茄科植物，被當地的印地安人培育，六千年以前就被發展成為馬鈴薯農業，馬鈴薯成為偉大的印加文明的主要產品，印地安人崇拜馬鈴薯神，他們燒製的陶器神像是融和了人體和馬鈴薯的型態。十六世紀時，西班牙殖民者將馬鈴薯帶到歐洲，以後由義大利人將其傳播到整個歐洲，英國在加勒比海擊敗了西班牙人，於是從南美蒐集了煙草等植物的種子，也把馬鈴薯帶回到英國和愛爾蘭，英國的氣候很適宜馬鈴薯的成長，比其他穀物產量高且易於管理，從此馬鈴薯已經成為愛爾蘭人的主要糧食農作物，並在歐洲開始普及，愛爾蘭移民將馬鈴薯帶進美國，開始在美國生產種植，十七世紀時，馬鈴薯已經成為歐洲人的重要糧食作物。馬鈴薯能夠遠播到中國來，首先是由荷蘭殖民主義者在清康熙皇帝時傳到台灣和福建的松溪，也因為馬鈴薯是外來的芋頭，所以才又稱為西洋芋，並且也保持著荷蘭薯的別名，也就是因為它是由荷蘭人傳播進口的外來根莖食物。

對於馬鈴薯能夠在歐洲的法國普遍地受歡迎，有很多故事的傳說，故事的內容也頗為吸引人。法國的馬鈴薯是由一位名叫安瑞博爾曼的農業專家由美國帶回，他希望這一種農作物能夠在自己的國家裡普遍地受歡迎及栽種，然而人們對於這一種茄科地下莖有了成見，認為它是傳染病的病源，是妖魔的蘋果，不論博曼爾如何遊說，都沒有被接受，於是他想出了一個主意，並獲得當時的國王路易十六的允許。那就是在一片貧瘠的土地上種了很多的馬鈴薯，僱用國王的衛兵守衛在馬鈴薯園外，園外四周築以牆籬，並言明說：這是專門種給國王食用的食物，不准偷竊，而且他使用了欲擒故縱的兵法，就是讓守衛只是在白天看護而晚上就撤走，好奇的人們就趁著晚上無人看守的馬鈴薯園偷吃成熟的馬鈴薯，並且將其品種栽種在自己的田園裡，於是隔了一段時間後，馬鈴薯就這樣普遍地被認可而接受了。

路易十六國王是一位很有野心的法國國王，他察覺馬鈴薯的推廣對於他的統治地位非常地有利，於是就親自加以提倡，在一次的大型宴會中，他請皇后戴上有馬鈴薯花的帽子，剎那間，馬鈴薯花竟然成為最為高貴的花，馬鈴薯的花也成為最為高貴的裝飾品，御花園也栽種了馬鈴薯，從此馬鈴薯也就是如此普遍了整個法國，如今馬鈴薯的傳播似乎繞了整個地球。

馬鈴薯在原產地就有幾百種品種，如今在世界各地又不斷地研發培養新品種，目前全世界共有幾千個品種，有含澱粉比率比較高的，適合當作主食；有含澱粉比較低的，可以作為蔬菜食用，人民根據食用而發現很多新品種，馬鈴薯的花有白色、紅色和紫色等，其地下塊莖有圓形、卵形、橢圓形，其皮有紅色、黃色、白色和紫色的不同品種。

馬鈴薯含有大量的碳水化合物，同時含有蛋白質，礦物質，維生素等，可以作為主食，可以作為蔬菜食用，作為輔助食品，如薯條、薯片，可以用來製作澱粉、粉絲等，也可以釀造酒或其他性畜的飼料食物。對於馬鈴薯儲存，暴露在光線下，容易變綠發生中毒事件，因為變綠的馬鈴薯含有一種叫做龍葵素的毒素，這些是有毒的生物鹼，主要是茄鹼和毛殼梅鹼，名叫蘇蘭寧，人們吃了這種毒素會產生中毒事件，這一種鹼要在一百七十度C的高溫烹調下，有毒之物才會分解，所以對於變綠以及發芽的馬鈴薯最好不要食用，倘若要食用也得將發芽部分削掉，而將馬鈴薯浸泡在水裡兩個多小時後，這些龍葵素才能分解，然後再煮熟才能安全使用。

馬鈴薯是蔬菜明星

隨著現代科學的進步，以及醫學常識的宣導，人們對於吃及飲食的習慣，已經漸漸意識到要吃得健康以及講究吃的藝術，食物力求溫飽而不再是大吃大喝。

馬鈴薯的營養有蛋白質、脂肪、碳水化合物、鈣、磷、鐵、胡蘿蔔素、維生素B1、維生素B2、維生素C及尼克酸等。

當你吃馬鈴薯時，不用擔心會吃過剩的脂肪，因為它只有百分之零點一五的脂肪，馬鈴薯有豐富的維他命C，是美顏的天然之選，新鮮的馬鈴薯汁液可以敷白皮膚，減少皺紋，可以去除青春痘，馬鈴薯能夠調整虛弱的體質，它含有豐富的鉀元素，可以利尿，防治神經痛、關節炎、冠心病、急治眼疾，並增強免疫力，馬鈴薯含有豐富的鉀能幫助維持細胞內液體和電解質平衡，並維持心臟功能和血壓的正常，可以預防癌症和心臟病，維他命B1、B2、B6可以增強免疫系統的功能，馬鈴薯的纖維質可以幫助通便正常，並預防直腸癌、結腸癌。

簡單的馬鈴薯烹調

一顆顆土黃土黃而有些斑點的馬鈴薯，它們看起來是多麼不起眼，然而它是西洋人的寵愛食物，我們在國外的超級市場或是一般蔬菜店，可以看見西洋的阿公阿婆以及一般家庭主婦們，他們在超市的主要採購食物，除了肉，牛奶，麵包外，就是購買大包小包的馬鈴薯，回家當主食，好像我們東方人抱著大包小包的米一樣。

烹調馬鈴薯有很多的方法，如何在煎、炸、烤、蒸煮等方面，煮得香而可口，例如當我第一次吃了一位英國家庭所煮的濃濃奶油香馬鈴薯泥，我幾乎被它給迷住了，奶油香濃加上馬鈴薯鬆軟的口感，使我對於不起眼的土豆完全作了改觀，從此我也喜愛上了馬鈴薯，至於如何作馬鈴薯泥，更是簡單而輕易學習。首先我們將馬鈴薯削皮，切成對半，放點鹽巴在鍋裡煮熟撈出，煮熟的馬鈴薯帶後待冷卻後壓成泥，使用奶油熱油鍋而將擠壓後的馬鈴薯倒入，再倒入已經加熱的牛奶而努力的攪拌均勻成泥狀，這就是著名的馬鈴薯泥了。當你在品嘗香噴噴的馬鈴薯泥時，可以視個人的口味加點黑胡椒或是肉豆蔻粉，伴著主食豬排或是炸雞腿以及紅蘿蔔和一些青豆，則是一道非常口可而又營養的晚餐。

英國人喜歡馬鈴薯，他們經常把馬鈴薯當成一餐的主食，甚至於有過於麵包，英國的馬鈴薯至少有十多種不同的品種，皮的顏色有紅、黑、白、黃等等，英國人對於馬鈴薯的吃法有很多種，其中較為有特色的乃是以下兩種：

當你走在英國的人行道路上，隨時都可以看見人們捧著一包用紙包裝而裡面澆著蕃茄醬、醋，或者是芝士調料，而香味濃濃的薯條和一塊長長厚厚的新鮮炸魚，且不害臊地在眾人面前吃著。當你第一次看見時，一定會覺得奇怪，並且認為堂堂的大英帝國，竟然出現這一種並不雅觀的吃相，然而，當你知道他們吃的就是英國最為傳統的招牌食物時，必須趁炸得酥酥而熱熱地吃，你就不會覺得吃驚和奇怪，因為他們正在吃著典型的路邊小吃館都有賣的魚和炸薯條（Fish and Chips）。所謂薯條就是馬鈴薯的切條，其形狀並非像麥當勞所作的瘦瘦長條形，而是一根一根胖胖的像個薯棍，炸好後這一種炸魚和薯條都使用粗粗的草紙包裝，大部分的人購買了薯條，除了少數人在店裡品嚐外，都迫不及待地在路上一面走一面吃，所以只要你在路上行走，就不難看見速食客的吃相。最早的薯條包裝紙竟然是使用當天的泰晤士河報紙，因為人們買了此項食物是一面吃著一面看報紙的，如今已經改變了，使用乾淨的白紙和紙盒子裝了，這一種傳統的薯條魚甚受歡迎，幾百年來，新鮮美味的魚和熱氣騰騰的薯條既營養又便捷，可以說是老少雅俗共賞。

另外一種英國傳統的馬鈴薯食物，就是皮夾克馬鈴薯（Jacket Potato），為什麼會叫做皮夾克土豆，因為土豆是帶著皮燒烤的，烤好的土豆帶著皮，顏色咖啡黃，香氣四溢，十分誘人，看上去就好像是人穿一件漂亮的皮夾克襯衫一樣，當土豆烤好趁著熱騰騰的時候，由中心切開但不要切斷，然後塗上奶油或是像三明治一樣地夾入蔬菜沙拉、乾酪、罐頭魚和調料，然後使用小湯匙，一口一口地吃，非常地美味可口。

由於土豆煮熟後會濃濃稠稠的，所以可以使用牛肉屑和蔬菜如洋蔥、紅蘿蔔，再加上牛奶煮成濃濃的湯，挺為好喝又營養，尤其在冬天是一道熱能頗為豐富的牛肉濃湯。英國是歐洲地區土豆最大的消費市場。在英國，土豆被作成各種口味的薯片，在超級市場那是最為主要的休閒食品，我們華人也挺喜歡土豆，但卻沒有英國人那麼痴狂。

馬鈴薯真的能減肥嗎？

所謂「減肥」是一個說也說不完的話題，各種各樣的減肥方式更是層出不窮，馬鈴薯能夠減肥是真的可行性嗎？這一個觀點能引起科學界的共鳴嗎？我們知道馬鈴薯是含有高量的澱粉質，用它來作為減肥的食物。其可能性不大，因為馬鈴薯不含維生素A，不含膽固醇，人體食用馬鈴薯後血糖會迅速地提高，而產生大量的胰島素，而且纖維的含量並不高，所以食用了馬鈴薯很容易被人體給吸收了，倘若以此點的角度來說明，則馬鈴薯不是一種減肥食品。

然實在地說，馬鈴薯雖然不是減肥食品，但是馬鈴薯深具營養價值，適當的食用不但可以使身體健康，也可以收到美容的價值。

其實減肥並沒有什麼訣竅，唯有健康合理的生活方式才是關鍵，這包括兩方面，就是低能量的平衡攝取，和合理的科學運動。減肥的人不能只觀看體重，平衡膳食，合理的營養才能促進健康。單一長期地食用某一種食品是不科學的，是不健康的，因為每一種食物中所含的營養素都是不一樣的，而且很多是互補互輔的，只有合理的搭配食用，同時控制攝取能量，才能科學合理的減肥。一般食品店為了使馬鈴薯又香又酥，均採取油炸的方式作為烹調，如此食法則不但不能減肥，其效果反而弄巧成拙且背道而馳。

二〇〇五年八月二十日
於格林佛

■ 馬鈴薯是我喜歡吃而富有營養價值的天然食物，我用筆畫出馬鈴薯人。

第四輯

播 種

1 情誼

一陣一陣的花香瀰漫，一盆盆的鮮花美麗耀眼，這是教堂的大廳裡所擺放的花卉，使得整個教堂倍覺清新、美麗、活潑有朝氣。這一些花盆裡的花，有很多種的花卉，是由懂得花卉園藝的朋友將幾束新鮮的玫瑰花，蝴蝶玉蘭花，黃色的大菊花，幾束白色滿天星，和一包一包樹梗枝條，經過一串串一枝枝的剪裁與修飾後，就插在著這一個普通的花盆裡。

花兒本是來自天然的泥土，它帶有泥土自然的香味，它的莖幹無論長得筆直或是歪曲，它無論長在哪裡，只要有它在，周遭的環境就生氣盎然而光輝無比。它不怕風吹，不怕雨打，也不怕沒有人去欣賞著它，它知道該是開放的時候，就自然而然地心花怒放，展現了那迷人的美麗與芳香。花兒雖然不會說話，但是，它不會因為自己長得嬌小而害臊，也不會因為自己的顏色太淺淡而自悲，它更不會自己長得美麗，而芳香四溢就驕傲無比，花兒的開放，無論它的香味是濃郁與淺淡，都能自然而然地以迷人的微笑展現在大地上，迎接人們的歌頌與讚美，這是自然，這是上帝的賦予，花兒無需做作，也無需虛偽，更無需自求誇張，卻能表現得宜而受到人們的喜歡。

長在花圃裡的花兒，能長得美麗嬌豔而受寵愛，也需要有一個富愛心和耐心的園丁，去照顧它和培育著它，使得它能自然而然地展現美與芳香。然而長在野地裡的花，則只能靠著自己的毅力和勇氣接受自然的挑戰，勇敢的成長，而歡心地開放，它所呈現的美麗與芳香是富含勇敢和堅忍不拔的精神，更值得讚美和稱頌。

我們生活在這個橢圓形的地球裡，由於現代科學資訊的進步，東方與西方之隔並不遙遠，也不陌生，短暫的飛行時間已經可以將東西方的距離拉近，然而，人們由於生活習性與文化教育背景的不同，離開自己的故鄉，生活在異地的西方國家，縱使在這個陌生的國家裡已經有了多年，自己還是會感覺與西方人相處的困難和不能苟同，甚至於無法使自己走出空間，而仍然局限於華人社會的小圈了。

事實上，一個人初到一個陌生的環境時，必須知道自己的處境像是一棵植物，也好比是一個園丁，無論播種在哪兒，要如何來適應這一個陌生的環境，我們要如何來耕耘這一片將會是屬於自己的土地和天空。首先必須了解自己的專長與嗜好是什麼？我們所面臨困難是什麼？面臨困難時，我們又如何來解決？解決之時自己是否有虛心求教？自己是否富有愛心，耐心，和毅力，努力地來學習？並且以我們自己的專長，是否有主動地去幫助朋友？相對的，當你有困難時，也一樣地會受到別人的幫助。

人們在現代的生活型態裡與花卉為伍的機會特別多，花兒能調冶身心，花的美麗，使人心曠神怡，它的芳香能使人們遠離躊躇、畏懼，是生活上的精神糧食。插花藝術是將多種的花卉以不同的款式來表現花兒的真善美，隨著插花藝術互相交流，現代的東西方插花藝術互相觀摩學習融合，雙方互相擷取其優缺點，互相吸引，表達的格式而使得創造的藝術風格有了突破性的改變，竭誠地表現了百花齊放的五彩繽紛。

這一種匯集花的美與芳香，不僅是溝通人與人之間的情感交流，是抒解人們生活的繁忙壓力和緩和生活情節緊張的最好媒介。花卉藝術是一種調冶性情，又是頗具經濟價值和商品價值的現代藝術。

初來聖安德魯教堂時，甚覺陌生，然而，教堂裡的活動非常的繽紛，每年都有不同國家的聖詩歌詠和民族舞蹈團以及音樂樂團來教堂表演，多年來，我也參與教堂歌詠的學習和演唱，我認識了教堂朋友，插花朋友和音樂家和花卉園藝畫家，我喜歡藝術，也喜歡花卉園藝，這是一個很好的學習環境，誠如牧師所說的：「教堂是一個社會團體，彼此互相幫忙和協助，如此這個團體才能茁壯成長。」教堂裡的工作都是由教友義務代勞，我是一位家庭主婦，我的喜好是插花，我也懂得如何泡茶侍候茶飲，於是我選擇了教堂插花和茶飲的服務。

從此在教堂裡，我與瑪格莉女士學習教堂花卉的插花藝術，馬格莉女士是一位很虔誠的基督徒，她很有耐心的指導我，如何插上一盆具馥郁芬芳而不失古雅的繁花作為感謝歌頌和顯揚主的花卉園藝，我也在每週的教會彌撒後，為教友們泡上一壺茶，和燒上了咖啡，一杯杯可口芳香的咖啡和品茶，再加上一塊塊的蛋糕和一片片的餅乾。他們面帶微笑而讚美：「琳達，你泡的茶很好喝。」從此，我除了有了華人朋友，還有外國朋友，在這一個環境裡，我不再感到陌生和孤單寂寞。

我在深具意義的母親節裡，以最為誠敬的愛和純潔的心，使用百合花和熱情的玫瑰花加上永遠不畏懼艱苦奮鬥不懈的荊棘，和幾枝有毅力，永遠年青不畏寒的松柏，輕輕地插在花盆裡，以感激和感恩的心，更為紀念母親逝世二十週年以象徵信、望、愛的花來呈獻給我所敬愛的主，感恩祂賦予我有了健康的身體、智慧、信心、愛心、耐心和勇氣毅力來面對荊棘困難的旅程，並以虔誠的心來奉獻。

二〇〇七年一月二日

格林佛

2 播種

閃電在天際，雷聲隨著響起，這是今年過春節以來第一次聽到的雷聲，其聲音是多麼地特別，它讓我有了最為親切的感覺，因為那是春雷的第一響，是我最為熟悉的聲音，也就是我懷念故鄉嘉南平原上的那一大片天空，有了同樣的雷響，春雷帶來無比的希望，是農夫們最為盼望的春雨，是農田裡的稻米、小麥，以及五穀雜糧等，經過播種後長出來的小小芽兒最為需要的滋潤劑。

農夫們隨著春、夏、秋、冬四個季節的更替，在大小不一的農田裡，播種著各式各樣的穀類。在整年裡，他們都有各種不同而且忙不完的工作，農田裡的稻穀雜糧，以及植物花卉，都在不同的時間裡，做了不同循環性的成長和收穫，這一些循環性的工作，基本上不外是一顆小小的種子，從播種到豐收所必須經過的旅程，至於旅程時間的長短，端看五穀種類的不同而有所區別，有些少至幾個月，或是整年，有些甚至於在一年裡有了幾次的播種與收穫。至於種子的旅程不外是從播種前的鬆土、填土、培育、栽種，以及播種後的施肥、鋤草、灑藥，一直到收穫時的檢收、囤積和儲藏。這種旅程好像是人的生命從出生到死亡所必須經過的一生之旅。

我們都知道，當一位農夫，開始從事於種子的播種前，在寬廣的土地上必須先做好鬆土和填土的工作，同時對於種子也必須有所選擇。種子選擇好後，依不同的雜糧穀類，有數種不同的播種方式，農夫們都懂得如何選擇播種的方法，最為符合經濟效用的原則，農業技術已經發展到某種程度的國家，在寬廣無際的土地上，大多數都是使用機器直接灑種，使用耕耘機耕種，這種以機械代替人工的播種方式，是非常地節省時間和方便，又可以節省金錢，而且也是最為有效的經濟播種方式。至於土地小或者是仍屬於經濟和農業還正在發展的地區，由於農業技術仍舊存在於有待開發的條件下，仍然需要使用傳統的方式，由農夫使用人工的方式直接將種子播種在一大片的土地上，雖然耗時，但是以人工便宜而尚未完全開發的國家還尚可。

然而，對於水稻的播種方式就比較特別，稻米的栽種必須在預做好的小方塊土地上先做好發芽的培育工作，等芽長出小禾苗時，再將禾苗種在水田裡，從選擇種子到種子發芽，而長成幼苗。好禾苗須經過農夫們的愛心和耐心的培育，而後農夫們雙足匍匐跪在水田裡，辛苦地將一棵一棵的小禾苗，一行一行地排列插秧，那是水稻種苗長大的旅程，是一項艱辛的播種方式，也是值得人們尊敬的農耕生活。

關於種子的選擇和播種，是否真能達到預期的計劃和目標，也要看看周遭的環境和合作的配合態度，以及個人努力的多少。有一則小小的故事，故事雖然簡單卻深具意義，故事是如此地說著：有一所著名的私立學校，學校裡每班的學生個個都非常地用功和品學兼優，唯獨有一班六年級丁班是特別的班級。這一班的學生都來自家庭背景非常優秀的家庭，學生家長大都是學校的校董監事們，家長們皆是社會的佼佼者，又是學校經費的支持者。這一班學生個個都很聰明，卻很頑皮，每一位老師於教導這一班學生後，都深深覺得頭痛，也因此這一班的學生是老師們最為擔心和頭痛的班；然而礙於學校的政策與老師應有的責任，縱使學生有多麼頑皮，學校也應該教好這一班號稱最為頑皮的特別班。

這一班學生既是六年級，面對著學生在學校僅僅只剩下一年的時間裡，學生就要畢業了，畢業後，這些學生們又如何能面對考試的挑戰，而接受成功與失敗的抉擇，並且學生們個個的表現也能讓他們的家長滿意，考上最為理想的學府，誠如家長所願。基於這一些理由，校長以及老師們又如何來表現，又如何來關懷及輔導，並與家長們做為最好的溝通和共勉。

王老師是這一所學校的資深中文老師，在課業的教學以及輔導學生的行為上都有豐富的經驗。有一天王老師依例前來教室，教導學生學習中文，這一天，王老師要上的課是作文課，上課前，王老師從家裡的花圃裡，搬來了兩棵花兒，一棵是開得火豔豔又芳香的紅玫瑰，另一棵是長得茂盛而又長滿小花的野草，這兩棵小小的樹兒，好端端的放在教室前面講台的旁邊，互別爭豔。講台上有了這兩棵花樹兒，也使得教室滿堂生輝，而又富朝氣。這一群學生們更是充滿著好奇，平常頑皮的孩子，這一天可真是又乖又安靜地坐在椅子上，等候著老師來上課，學生們想著：「看樣子今天的中文課可以說是非常地有趣的事。」小樹很顯然地是從一棵野草生長來的。

王老師一進教室時，看見天真無邪的小臉蛋兒，個個充滿著好奇，王老師慢條斯理的解說著今天課堂上所要教的題材：「種子」。王老師解釋著什麼叫做種子？老師說：種子是植物開花後所結出來的果實，植物有了種子才能傳宗接代，然而種子有好種子和壞種子之分別，好種子種在良好的土地上，我們相信它會長得很好，就是它們被種在貧瘠的土地上，也能發芽而長得茁壯、青春茂盛；反之，一棵野草，只要能掙扎克服各種的阻力和困難，它也會像農夫栽種稻米和麥一樣，也可以開花而長出好果實；相反的，壞種子，縱使種在良好的土地上，不但不能生長成為一棵好植物，甚至於還會成為一棵有毒的萎草，傳播污毒而貽害周邊的其他草兒，不能持久，甚至於很快地枯萎死亡。

所以你們再仔細地看一看這一棵野草，它是從一粒好種子落地生根，而長大開花，它只是不經意地生長在花園牆角的一個瓷盆裡，它沒有美麗的名子，然而隨著時間的成長，長得像一棵美麗而茂盛的小小樹兒，雖然我沒有特意地去照顧它，或是加以施肥，然而，它卻長得非常地好，非常地翠綠，它真像一棵沒有經過污染的玫瑰。我看見這一棵野草，雖不像大樹茁壯，然枝葉扶疏，英俊挺拔，開的花兒雖小，卻像早晨的露珠，純潔而晶瑩剔透，頗得讚美和青睞，它縱使只是一棵野草，但因為長得美麗而富有朝氣，它自有其的吸引人的地方，你們說是嗎？再說，這一棵玫瑰，長得多麼美麗，綠葉扶疏，枝幹良好，花兒挺立而芳香無比，它是被種在良好的磁盆裡，又經過園丁們的愛心培育，你們看看，這一棵玫瑰長得多麼嬌嫩，它是經過溫室裡面培植和保護出來的一棵花兒，倘若它被種在貧瘠的土壤而又不經呵護，那麼，我們就很難說這一棵玫瑰的命運將會是如何的了。此時教室裡的學生們，個個睜大了眼睛很認真地聽著王老師所說的每一句話，他們也真的依著次序來到教室的講台旁，仔細地觀賞著這一棵特殊的野草花兒。說真的，這一堂課是頗富哲學與科學的道理，並不只是中文的作文課罷了，學生們對於王老師的種子解說和道理解析，真的聚精會神地聽著。

王老師又繼續說著：農夫撒灑種子播種在泥土時，有些種子會掉落在小石子的道路旁，旋即被鳥兒給吃掉了。有些種子會被噴灑而遺漏在田地的田埂上，雖然無人理會，這一顆種子仍然能發芽而成為一棵小植物，但是由於鮮少泥土，它的根鬚並不牢固，當風一吹就會被連根拔起，或是太陽出來一照射，加上沒有施肥及灑水，它很快地就會被曬得枯萎。又倘若有種子是被種在非常貧瘠而周圍都是雜草叢生的土地時，如此的種子從長芽到成長，都會被萎草給侵蝕，而禾不但長得不好，甚至於還會得到病蟲害，倘若是如此，則這一棵小禾不但不會開花而且還會貽害其他農作物的生長，以及造成環境的污染。如此說來，種子要長得好而能開花，結了豐碩的果實，就必須栽種在良好的土地上，以及還要有農夫深具耐心、愛心和信心的照顧。

播種是一門學問，富有科學與深奧的哲學道理，例如一顆小小的葵花子，拿在手上是多麼輕巧而微不足道，雖然我們只是將一粒小小的種子丟擲在土地裡，然而我們應該有所理解的是，這一粒葵花子播種後，倘若以不理不睬的姿態來對待，則這一粒葵花子縱使種在肥沃的土地上，也不能長出花朵和結出好果實來，於是農夫期望播種的農作物能夠有好收成，那麼他就會有所失望了，所以當農夫要栽種這一粒小小的種子之前，除了要對於種子以及耕種的土壤作適當的選擇外，對於耕種後的關心也是非常地重要，如此這一粒小種子就能如其所願地開出美麗的花卉和結更多、更健康的種子出來。

也許你們會問我播種又為何會是一門哲學呢？這是何種道理？原因無它，倘若我們以一顆種子的力量來作播種的解釋時，我們就會發現一顆種子不是被栽種在肥沃的土地上，而是無意間被灑種在瓦礫和石縫中，種子絕對不會哀聲嘆氣，因為它為了成長，為了接近陽光，不管瓦礫和石塊有多重，且被壓得無法透氣，或是縫隙有多窄小，種子它都能從彎彎曲曲的隙縫裡挺身而出到地面上來，它的根往土裡扎，而芽向上面挺，這是接受阻力而產生不可思議的力量，我們可以說那是一種長期的奮鬥力量。這一股力量有彈性，能屈能伸，有韌性，那是充滿著不怕困難和挫折而必須達到目的的力量，也是努力而不停止下來的無比鬥志的力量。

從播種的解釋和種子的力量，我們可以深深地了解，當我們接受了任何工作和使命時，我們需要做全面的工作計劃外，縱使在優越的環境下，我們仍然需要有無比的意志力，面臨挑戰和解決困難，還要用愛心和耐心去完成。又倘若身處在並不好的環境裡，我們不需要憎怯而裹足不前，我們更需要勇往直前接受各種不同的挑戰，如此才能勝任而愉快地去完成預期的工作，當工作能順利完成，則就會有良好的收穫，而更能達到理想的目標。

這一班號稱最為頑皮的學生們，個個都啞口無言而真正地被王老師的句句實言和道理給感動了，從此這一班學生的成績以及秩序非常地好，僅在短短的一年裡，他們的努力與表現真出人意外地成功，校長及各個老師們讚不絕口，家長們也高興得不得了，這一群學生們也因此都是社會的精英，國家的棟樑。

二〇〇六年三月七日
於格林佛

3 選擇

一張清新而陽光普照的海邊圖片，輕易地躍入我的眼簾，圖片裡是有一個人正在撿拾貝殼，這是一張非常普通的圖，然而它使我的心靈跳動，使我有了異於平常的感受。

當我們到海邊遊玩，撿拾貝殼，人人都有經驗，看見一粒一粒的鵝卵石躺在沙灘上，其長相大小均異，它們有些看起來，粗糙而有稜有角，有些看起來平平滑滑，拿在手上，摸起來舒舒服服的。這一些石頭，是無生命的東西，要擁有它們，並非是一件難事，我們只要去海邊遊玩或是散步，或是有心要去撿拾貝殼，就會有機會踏尋在小鵝卵石子上，在這麼多平滑俊秀的鵝卵石裡，就可以找到你想要的小石頭，然而，你會發現，當我們撿拾的時候，總是會猶豫，而且我們的心中也一定會想著，哪一顆鵝卵石才會是最好和最美，或是它的形狀才是我們想要挑選的。

同時，我們一定也會存著疑惑，為什麼同樣是石頭，它們在海邊，每天接受同樣的水浪、波濤及風兒的侵襲，卻會造成有如此不同的形狀的鵝卵石？倘若我們以物理的原理來解釋，並且簡單而誠懇的回答這一句話，那就是這一些石頭接受風化以及水流衝擊的程度，和歲月長短的不同，而造成它們外表粗糙與光滑的不同。科學的原理總是有所依據也可以查尋的，也就是我們無須置疑而必須承認的事實。每當我們在海邊沙灘上嬉戲遊玩，我們都會心存好奇和喜愛去追尋顆顆粒粒的鵝卵石，我們會尋找得很久，縱使在我們的眼前有了很多的石頭，可以讓我們挑選，然而，我們猶豫而仍然不能作決定，來選擇哪一顆是最好，而哪一顆是最差，突然間，就有一顆在你的面前特別耀眼，於是發現這一顆就是我們所要找尋的，我們高興地拿在手上，心中是無比的歡心和雀躍。

倘若我們用這一些石頭來比喻人的一生，我們可以這麼說：長得有稜有角的小石頭是年輕的一輩，有朝氣，而血氣方剛的青年，在這社會上的歷練，還不算長，所以還是稜稜角角，所以做起事情沒有計劃，而且還是毛毛躁躁。反之，長得平平滑滑的小石頭，他們的人生像是歷經艱辛的旅程，飽經滄桑、苦痛與折騰，做事果斷而堅決，吃得苦而耐得勞，並且誠懇而樂於接受挑戰，且有豐富的經驗和成就的族群。

所謂人的成長並非只是身體的長高或是長胖，而是依年齡的增長與歲月的歷練，而有了豐富的學識，經驗和技術。然而，這一種原理並不能對每一個人作了同樣而全面的解釋，也不能在每一個人的身上作如此簡單和概括的說明，因為聰明與學習是因人而異的，人的聰明也不是全來自天生的，而是依靠學習和經驗的累積。對於學習的說明也並非是什麼都學，而是有所選擇。一個人要成功，是要經過艱辛，不怕困難，不停止，不洩氣的勇往直前，加上努力和運氣才可以獲得的。

選擇是一門學問，也是一種冒險，一個人的成就，在他歷練的經驗裡，也都是在摸索中學習和選擇，在他學習的過程，也是依著自己的選擇，而決定學習的方向，所以選擇的好或壞，對或是錯，都是一種冒險，你會問我為何如此地說？因為冒險的發生，往往在對於時間及沒有勇氣去面對，以及受到其他因素的干預下，而所引起的錯誤決定。

對於選擇的時間也非常地重要，有時候當我們需要作一項重要決定時，我們不能在時間上有太多的猶疑而不作決定，我們必須鼓起勇氣而作果斷且堅決的處理，倘若我們不敢面對而且又猶疑不決，那就會造成無謂的損失與無謂的傷害，結果會是一事無成而註定失敗。

所以聰明的你，拿出你的勇氣、力量和信心面對困難，解決困難，而且要事事提高警覺，即時做決定，那麼成功將會是你的，並且你也會深深地得到，你的親戚和朋友及你的崇拜者對於你的祝福。

二〇〇六年一月十六日

於格林佛

4 老田巷

我的家就住在英國倫敦格林佛小鎮裡，車水馬龍的老田巷就離我家不遠，那是一條不寬也不窄的小巷道，卻非常地忙碌。每天都有各種不同的車輛，嘟嘟地響，還有熙熙攘攘的人群來來往往，雖然吵雜，卻使我感覺熱鬧和溫馨。

我從故鄉台灣，千里迢迢地來到這陌生的英倫島，語言的障礙，使我面對著困難而感到徬徨無依；語言的隔閡，使我不能盡情表達心中所要說的話，也因此失去交朋友的機會。雖然在學校努力學習英語，然而與英國朋友的溝通，仍然力不從心而困難不已，我曾經再三思索，主要的原因，乃是自己沒有深入去了解英國人的生活習慣和文化背景。

離家不遠的格林佛老田巷公園旁，有一座具有悠久歷史的安德魯教堂，教堂的鐘聲響徹雲霄，它喚醒了我這一隻弱小而迷途的羔羊，於是我想到自己是一位基督徒，何不鼓起勇氣，前來教堂與教友們一起做禮拜，一來我可以認識朋友，有更多的機會和他們溝通，交流暢談；二來我可以藉此機會介紹台灣寶島的鄉土民情和習俗，並且傳播中華文化，教導他們學習華文。

每週日來到教堂，與教友們打招呼和問候，我誠懇地祈禱主的憐憫，懇求祂的福祐，賜予我有了信、望、愛。我的心中有了主的存在，我的信心倍增，做事努力執著，遇到困難不畏懼而勇往直前，從此我深深地愛上了這個房屋擳比麟次，到處充滿著綠意盎然的小鄉鎮，高聳的栗樹排排在道路兩旁和公園裡，以及圍繞著小鎮周圍的一條伯恩河，和媲鄰而居的英國朋友。

我與這些朋友從認識到結交為朋友，也有了一段很長的歲月，這些朋友的族群裡，有年輕也有年長的，有些都當了祖父、祖母，例如鄰居喬治家的那個靦靦腆腆的小孫女瑪麗，每天早晨，上學時，穿著學校的校服和黑皮鞋，梳著長長的辮子，背著漂亮的書包，緊緊地跟在推著嬰兒手推車媽媽身邊，微笑的與我打招呼後，高高興興的與住在對面的朋友南西一起去上學。偶而也會遇到彼得家的那個頑皮的小搗蛋約翰，穿著學校的校服打著藍色紅條紋的領帶，背著藍色的小書包，手持著一個圓滾滾的足球，活活潑潑，蹦蹦跳跳的跟隨在他媽媽的背後，看見了我，會說聲：「琳達，你好。」

我時常看見雜貨店舖老闆，天天用跑步送報紙，老闆就因為有早起運動的好習慣，怪不得他的身體矯健靈活，是一位懂得做生意，精打細算的印度人。老板娘戴著一副金邊的老花眼鏡，穿著印度傳統的絲質袈裟似的莎莉服，待人親切，每當顧客進入商店時，她總是笑臉迎人，並且親切的招呼，然，兩隻睿智的大眼睛總是盯著顧客不放，諸多印度人懂得節約儲蓄，以及賺錢之術，所以附近的商店一間一間地擁有，如今格林佛蔬果、菜攤和雜貨店，幾乎是印度人的地盤。

離老田巷道不遠的依蕾街，是一條樹蔭濃密而安靜的街道，街上住著一位銀行家，名叫吉姆派克，他的穿著和打扮，很是英國佬的紳士樣，他總是習慣於右手提著一個黑色的公事包，左手拿著一把黑色的雨傘。派克先生在倫敦城內的一家銀行上班，他每天必須起得很早，吃完英國式的早餐後，就趕著乘地下鐵去上班。

倫敦的地下鐵路工程建設，已經有二百五十多年的悠久歷史，因為鐵軌古老，火車的運作系統，時常發生問題，英國政府也擬定汰舊換新的計畫，然需要耗時多年，所以無法作全面的維修工作，目前只能採散頭痛醫頭、腳痛醫腳的愚蠢做法。也因此，倫敦的地下鐵除了時常發生毛病外，加上擁擠的人潮，使得火車時常誤點，為了能夠準時上班，派克先生已經養成了習慣，每天早出晚歸，而避開地下鐵的巔峰時間。

住在我家隔壁的老太太名叫潔西格登，長得美麗而端莊，她年輕時，是英國保守黨格林佛分支處的秘書，她是一位忠貞的英國保守黨黨員，天生有美好的皮膚，懂得保養及打扮，加上愛漂亮，雖然已經是八十二歲的老祖母，看起來仍然很年輕。她在二十多歲時就嫁給約翰為妻，約翰先生是倫敦票據交換所一位退休的經理，他們住在老田巷裡已經有五十多年，是一對熱心公益的老夫妻。

老田巷裡還有一位老實又喜歡幫助人的人物，他的名字就叫李察．翰姆特，他熱衷於公益事業，為人誠懇而富愛心。李察自英國電視廣播公司退休後，獨資創立了一座完善，而富有現代化音響設備的音樂錄音工作室。他是一位很樂善好施的好鄰居，也是一位音樂家，他所從事的工作除了每日為客戶做好錄音配樂的工作外，每星期日還是教堂的彌賽歌詠的管風琴手。他最為拿手的樂器是彈奏低音大提琴以及管風琴，他是著名的西倫敦交響樂團的義務大提琴手，時常參加音樂表演，由於天生具有一副熱心腸，對於慈善事業總是熱心參與。

沿著老田巷的綠野有一條清澈的伯恩河環繞，伯恩河四周圍是綠色的草原，越過寬廣的草原是豪士頓小山丘，小山丘的高度不高，是一片綠油油的森林地，也是一座好的登山區。我時常爬到這一座小山丘的頂尖，從山頂那兒可以遠望著英國倫敦北部哈羅區的景色，以及南邊莎力區綠油油的田園。每當我登高遠眺時，南方就像一塊棉花糖似的吸引著我，它總是給我有了熱情而溫馨的感覺，它喚醒我向著故鄉地台灣的嘉南平原呼喚，讓我更為思念故鄉的每一片土地，和長在土地上的稻禾、甘蔗和玉米，以及遠在那兒和藹的親戚和熱情的朋友。看著英國鄉間的田園景緻，是多麼地綠意盎然，它們更使我懷念故居門前庭院的花花草草以及後院茁壯挺拔的果樹。

我是來自台灣的華人，住在倫敦一個小角落裡，我用帶有濃厚台語口音的英語與英國朋友溝通和相處，以淺薄的智慧和能力，樂於做點的國民外交，介紹為世界和平而努力的台灣，宣揚台灣的穩定經濟成長，和富有的鄉土文化，我深深地為自己是一位來自寶島的台灣，而感到無比的驕傲和興奮。

二〇〇七年七月十六日
於格林佛

5 故鄉的文旦柚

走在後院的梨樹下，聽到梨子掉落的聲音，我抬起頭兒，看看青青的梨子長在枝頭上，幾隻喜鵲鳥在樹上跳躍，樹葉泛黃，忽覺秋天的來臨。

秋高氣爽，月兒高高地掛在薄雲裡，朦朧的月光，層層的銀白和金黃，使我緬懷故鄉，以及兒時每年採摘粒粒青黃的文旦柚子，溫馨感人的畫面，一幕一幕的呈現，不由自主地紅著眼淚兒。

自從來到異地他鄉英國的幾年裡，偶而朋友從故鄉來寒舍小住幾天，敘敘舊和話家常，順道作短暫的倫敦觀光，藉此讓我稍盡地主之誼。

來訪的朋友中，讓我印象最為深刻的，莫過於是小美的親臨，她的身材是瘦瘦的，背部和肩膀上各背著背包，手推車裡又推著三個大皮箱，我感覺奇怪，心理想著：「莫非她與先生在感情上有了蹊蹺，心情不好，藉口要來倫敦旅遊，卻做了離家出走的打算？」

見了面，我高興地和她寒喧，然，掩不住心中的懷疑，於是，在回家的公共汽車上，我說：「小美，你特地來倫敦看我，我非常感激你的熱情與關懷，然而，你在倫敦只是做短暫的旅遊，為何你帶了這麼多的行李？」她沒有回答，只是微笑著。

回家後，由於好奇心的驅使，我怎麼能耐得住長時間的等候，於是我迫不及待地懇請她打開皮箱，好讓我能看個究竟，皮箱經打開後，呈現在我眼前的是用衣服包紮著，一粒一粒頗重而綠油油，帶點黃色外皮的文旦柚子，我驚喜交集，我啞口無言……流下了感激的眼淚。

我一面剖著柚子，一層層白皙細膩的內皮包裹著一瓣瓣的果實，品嘗著那帶點甜酸苦澀的汁液，頗為新鮮而好吃，我的腦海裡浮現了兒時的一幅畫。

記得故鄉前院栽種著幾棵文旦樹，這些果樹都是母親風雨無阻，不辭辛苦的栽培、澆灌、鋤草、施肥與除蟲，果樹的樹齡，甚至於都遠遠地超過我的歲數。

每年春天，文旦樹開滿了白色而芳香的花兒，蝴蝶迎繞飛舞著，蜜蜂嗡嗡的忙著採蜜，秋天來了，有了豐碩果實，纍纍墜墜地掛滿了整棵樹。

每臨中秋白露前十天，一家大小分擔工作，採收已經成熟，外皮青黃而錐圓的文旦柚子，大哥爬樹摘採文旦柚而往地上丟擲，我就在樹下用裙擺當手一粒一粒地承接，二哥則挑著文旦柚子一擔擔地入屋內，弟弟就在客廳裡如數珍珠似的一粒粒擺放在角落裡，一家人分工合作，雖然忙碌辛苦而汗流浹背，然，那是值得回味無窮的日子。

中秋節來臨的前幾天裡，母親將採收下來的文旦柚子，分裝成幾個大大小小不同的袋子，哥哥和我於放學後，挑著頗重的文旦柚子，一一的贈送到鄰居和親朋好友的家裡。中秋節的那一天，母親更準備了豐盛的魚、肉、蔬菜、文旦柚、水果、月餅和甜點祭祀天帝、天神、佛祖和祖先，感謝和感恩大地的賜與，並祈福眾神保佑一家大小的平安以及田園的豐收。

中秋節的夜晚是最好的賞月時光，媽媽準備火鍋菜，家人和親朋好友一起在院子裡圍爐團圓，一同賞月，品嘗文旦柚子、月餅、水果以及其他點心，這一天夜晚，大家過得頗為愉快和溫馨。

如今在故鄉，每逢中秋時分，故居前的幾棵文旦樹，雖然是新栽種的，然而有了青黃白皙的文旦柚子成熟時，哥哥都會將文旦柚分享親朋好友，更不會忘記深印在心坎裡，媽媽的叮嚀而富哲理的一句話：「分享快樂和豐收，會帶來更多的健康和富裕，有了慈愛和悲憐的心，會添加更為平安和幸福。」

二〇〇七年十月二十日

6 懷念是一盞燈

親愛的安和約翰：

你們倆在不同的時刻裡，匆匆而無牽無掛的走了，讓我沒有機會，對你們說一聲明天見，縱使，我們的相識只是短暫的三年或僅僅幾個月，然而，你們和藹可親的笑臉，彬彬有禮的待人處世，以及熱誠的幫助人和多方面的為人服務，其精神，已足以使我這位來自異鄉的客人倍覺溫馨而感恩。

安（Ann Coady）你就住在格林佛路（Greenford Road）與我對側而居，每當陽光普照的早晨，我在前面庭院修剪花草時，你面帶著笑容倚在花園的欄杆，以熱情的聲音叫出我的名字，並且歡心的與我招手，你多麼期望我在每天的下午時分，能到你的屋裡陪著你喝下午茶，你喜愛沖一壺芳香可口的英國紅茶，同時也從冰箱裡，拿出香脆好吃的各種餅乾，甚至於你也取出自己燒烤的蛋糕與我分享，我們一起坐在客廳裡觀賞著電視，有時候，我和你一起坐在舒適的沙發上，我為你搥背，高興地聆聽著你的戀愛故事，以及你住在愛爾蘭時曾經有過的驚險經驗，甚至於分享著你到世界各地旅遊的快樂時光，看見你神采奕奕的談吐，以及內心充滿著快樂滿足的樣子，顯出了你在人生的生活旅程裡，有了那一份滿足和幸福，你的談吐高雅，雍容而高貴的氣質，相信你接受的是很好的教育，我可以感覺到，你在年輕時，必定是一位美麗而吸引人的姑娘。

你很喜歡我能天天來看你而與你作伴，並且你也喜歡聽我為你說一些中華文化裡的歷史故事，你也喜歡我說一些台灣民間故事，從而你能更了解台灣，以及對於這一個寶島台灣的想像，你也喜歡聽我哼著台語歌曲，縱使，你聽不懂，然而你卻喜歡與我分享那一份對於故鄉的相思，你見到我是一個瘦瘦身材的女孩，你總是關心著，並且希望我對於日常生活裡的每一餐食物能多吃些，也吃好一點以及營養一點。

有一天，你翻箱倒櫃的在找尋，你年輕時曾經穿過的美麗衣服，那些衣服是你最為喜歡的，你非常的珍惜它們，所以仍然被好好的收藏在衣箱裡，你拿出了其中一件紅色滾黑邊的毛料作的外衣裳，要我試著穿，同時嘖嘖地稱讚那是多麼適合我的一件衣服，於是你無考慮地將它贈與我，至今我仍保存在衣櫥裡，衣服雖然過時而陳舊，然而，它有柔和的顏色和細緻的質料。當我觸摸著它時，情不自禁地眼淚流，油然而生溫暖感激的心，你那關愛而慈祥的聲音至今仍在耳際，你真誠地愛我，關心我，就好像對待你的三個女兒一樣，難能可貴的是，你不會因為我是來自遠東地區而不懂英文的傻丫頭，而因此不與我做朋友，你反而更為親切，更為喜歡我的純真，與我說話時，同時也在教導我說好英文，你有了虔誠的宗教信仰，濃厚的信望愛的精神，對我更富有慈愛與關懷，你的為人是多麼值得我效法和尊敬。

你的三位女兒，蘇莉亞，雲，娜麗，對於你這一位母親都是非常地孝順，幾乎每星期都會來探望你，以及噓寒問暖的關心著你，你一向笑容可掬地與你女兒們談話聊天，也不會因為我的在場，而讓你有了身不由己的感覺，你也很成功地教育著你的三個女兒的後輩子孫，這是多麼令人敬佩的事情。

記得娜麗姐遠從南半球的紐西蘭回到英國和你共度一九九一年的聖誕節，你們一家大小歡笑在這一間充滿整潔有序而美麗的客廳裡，你也邀請我和你們作伴，而來共同度過這一個深具意義的節日，我們快樂地分享你烹煮的菜餚和蛋糕，我們一起快樂歡心地有說有笑，而且合拍了幾張照片，那時的你，身體是多麼硬朗而有精神，可是，有誰知道娜麗姐回去紐西蘭沒多久，你卻在隔年的一個春天日子裡，不帶走一絲一縷的牽掛，匆匆地離開了我們而撒手人寰。雖然你是很祥和地離開了我們，到了另一個祥和歡樂的世界，然而，你也許不知道你走得多麼突然，蘇利亞，雲，娜麗，三位姐姐和我，是多麼格外的傷心，涕淚縱橫而惆悵，從此我再也聽不到你那慈祥而富有溫暖的關懷，再也看不到你那熱情的聲音就在對街，喊著我的名子，再也看不到你那親切的手遠遠地向我招呼，如今，我在深思懷念的日子裡，又想起了你，感念了你照顧以及關心我，就在你過世的十五週年的紀念日子裡，我要寫下你曾經說過而使我最為懷念的一句話，作為對於你的永遠追思：

May, would you please come to my house to have a cup of tea and chat with me for a few minutes by your way home after your study or when you have time?

梅，你願意在你有空時，或是你上完課路過我家門口時，請進來和我喝一杯茶並且和我聊聊幾句話嗎？

約翰（John Godfrey），你住的街道叫作北老田巷（Oldfield Lane North），這是格林佛小鄉村的一條有名的街道，這一條街道的距離大約是從格林佛車站到德斯克超級市場，以長度來說，大約有四英里之長，此街道雖短，然而，卻是格林佛最為著名而最受歡迎的地區，靠近車站和德斯克超級市場，街道的兩旁小商店林立，有郵局，有兩所學校，圖書館，警察局，和衛生所，在這一條街上，你是有名的善士，你是當地從事敦親睦鄰，守望相助的老前輩。當我搬到北老田巷時，你的家與我比鄰而居，你是一位使我感激的老鄰居，我的房屋前主人是頓娜小姐，頓娜小姐是老田巷小學學校的校長，頓娜小姐就要搬到英國南部的懷特島居住，你與頓娜小姐互為好鄰居已經有了四十五年之久，如今她就要離開英國而到更遠的島嶼居住，你與她握手和親親地話別，我看到你滿懷傷心而依依不捨的情懷，我可以看出你心中是非常地難過，你對我說這是多麼難能可貴的情誼，可惜，這一離別又不知要隔多漫長的時間才能相見，甚至於也不知何時才能見面了，因此你也只能期待和盼望，並且對頓娜小姐說出希望有一天能夠互相拜訪和安慰的話，並且祈求神能福佑頓娜小姐在懷特島居住都能平安而快樂。

我初搬到這一間新家時，你幫了我很大的忙，首先，你找來一位忠誠的油漆工替我粉刷了屋子，使得原本陳舊但沒有壞的屋宇，變得更為煥然一新的一棟屋，你的太太喬與我到商店購買窗簾，你也不辭辛苦地為我裝釘和懸掛，記得有一根小小的釘子刺傷了你那顫抖的雙手，手指血流不止，你卻視若無睹地說不要為小事情來擔心。頓娜離開老田巷是非常地匆忙，你代替頓娜教我如何使用她所配好的鎖，並且在前後院的窗台玻璃上，為我貼上守望相助的會員卡的號碼牌，又時常叮嚀我要注意瓦斯火，電等使用的安全，並且慎防小偷的侵襲，要我多多注意門窗的小心，你那無微不至的關心和照顧，真使我感激又難忘。

我喜歡花園，每當我在前院忙著整理花圃時，你與喬時常走過來與我聊天，並且讚美紫色紅番花的美艷，白色的雪滴子花低頭含羞的引人憐愛的模樣，酒杯型鬱金香含苞待放，引人遐思，黃色喇叭狀水仙花與微風唱出了快樂的協奏曲，這一切花兒填滿了我擁有的多麼芳香美麗的庭院，你們與我緊鄰而居，讓我這一位海外遊子有了過著一幅真正快樂的家居生活的圖畫。

時間過得真快，轉眼間我們已經認識了將近三年的歲月，就在我們搬家後的第三年四月裡的一個寒風刺骨的下午，天色晦暗無光，似乎就要帶來了大雨，我在花園裡裁剪花木和鋤草，你和喬正要開車外出時，你走了過來，對著我說：「梅，我和喬就要出去一會兒，大約五點半左右回來，請不要將車道大門關了，請稍待一會兒，我們很快就會回來的。」我快快地整理好了花草，傾盆大雨真的下起來了，到了傍晚時分，我卻沒有見到你開車回來的影子，天色已晚，我也回屋裡休息。

隔一天的早晨，我看見喬紅腫的雙眼，我問起了原因，喬對我敘述咋夜裡所發生的事情，喬說當晚你開車回來時，感覺到心臟疼痛如絞，救護車即時把你送到醫院，而你躺在急救的大醫院裡，到了深夜，你竟然祥和地離開了人世，聽喬說後，不由得讓我萬分地驚訝，我實在不敢相信那會是真的事情，我更不敢相信我自己的兩隻耳朵所聽到的話，我不由自主地放大聲而哭，看見喬已經哭得兩顆紅腫的眼睛，然而她卻壓抑著內心的悲哀，還要為著即將到來的英國大選而勞累奔波的走訪，更使我為她難過，她一生忠心於黨，就在此時此刻仍不忘為黨服務，堅持努力的支持，真使我萬分的感佩於懷。

約翰，有誰能預知，你在出門時對我多叮嚀的一句話竟然是你與我永別的最後一句，從此，再也沒有機會能讓我向你說一聲我對於你的感謝，你已經走到那一座所謂非常安祥而遙遠的天堂，相信你在那兒也會過得愉快平安，因為你是一位仁慈又樂於幫助人的好人，如今你在另一個西方安祥的世界，你會福佑著喬和我，在這一個人世上日子能過得平安健康和快樂，每當我提著一籮筐的衣服要到後院晾曬時，你那關愛叮嚀的聲音，猶在耳際。

May, It would be raining, don’t forget to collect your outside clothes, May, don’t forget to close your window and turn off your gas and electricity safely, when you will go out or you are not at home.

梅，天快要下雨了，記得收拾你曬在外面的衣服，梅，當你要出門時，不要忘記把門關好，隨時注意著門窗和瓦斯和電力的開關等的安全喔！

這一些關愛和叮嚀的話，我會永遠銘記在心裡，在你每年的忌辰裡，我以此句話來勉勵我自己，並且作為對於你永遠的追思。

二〇〇六年四月五日
於格林佛

7 一棵麥禾的啟示

在一個八月陽光普照，艷麗明朗的星期日早晨，倫敦溫柏力地區的聖安德魯教堂的鐘聲響起，教堂裡的牧師弗瑟麗蒂女士，神采奕奕地抱著一棵翠綠淺黃麥禾的盆栽，這一棵麥禾長得很茂盛，細緻成穗狀的小麥，一串串地掛在小樹上，像小珍珠米似的點綴，藍瓷盆與鵝黃翠綠的樹葉更顯出它的高貴與神韻，它被擺放在教堂的大廳裡，使得教堂滿室生輝。

教堂牧師說：「有一天，我將一把種子灑落在花園的一個牆角裡，種子任其風吹雨淋，不知是否是風的吹拂，抑或是鳥兒的傳播，我的這一個藍瓷盆，竟然長了一棵麥禾來，麥禾漸漸地長大，長得像一棵美麗而茂盛的小小樹兒，每天，我為它澆水，偶爾，鋤著雜草，或是加一點兒肥料，於是，它長得非常地好，非常地翠綠，如今一串串的麥子，就掛在麥禾的小樹上，它們真是美麗而討人喜歡。」

我看見這一棵麥禾，雖不像大樹茁壯，然，枝葉扶疏，英俊挺拔，幾串淺黃顏色的麥子，有少許的露珠滴露在上面，純潔而晶瑩剔透，頗得讚美和青睞。

牧師又說：「當一位農夫看見，他的麥田裡有了成串成穗的麥子，就會覺得將會有豐收的來臨，為之高興萬分，如果，他從此就不加以理會和照顧他的農田，而就守株待兔的話，也許麥禾在成熟之前，突然受到了巨大的天然災害，例如有颶風的侵襲，整棵麥禾就會倒在田裡枯萎了，或是因為農田沒有鋤草，整棵麥禾也會受到萎草的侵襲，或是受到病蟲害，如此麥禾就會枯死，麥子也會因此而成為尚未成熟的麥子，這些麥子不是不好吃就是會成為不好的種子，倘若麥子在開花結果時，農夫們就很小心的照顧和善待保護它，則土地有了良好的施肥，鋤草，土質就會好，又加上適當的除病蟲害，如此麥禾穀就會長得得豐盈，而粒粒就會像珍珠似的美麗而又富營養，因此農作物也就會有豐收。」

我們生活在這一個複雜的社會族群裡，每日工作匆匆忙忙，大家都為了生活而奔波勞碌，圍繞在我們四周就有很多不同類的人群，他們有好心腸的人，也有壞心腸，甚至於表面有好而內心卻非常醜惡的人，好人就好像是好麥禾，它可以幫助你，當你發生困難時，它會及時伸出援手，反觀壞人，他們對於自己的行為及罪過不但不做任何的負責，甚至於還散播更多的罪過在周遭的環境裡，然而，我們就因此而害怕嗎？不是的，我們應該對自己有信心，對於貽害社會族群的壞人，他們的行為應該接受有愛心和耐心的感化和教育，倘若以暖性的教育仍不能使他們向善，那麼這些人就需要接受法律的規勸和制裁，所以他們的惡行為是不會持久，而且會受到周遭的善誘，使得惡行為能連根拔起，而成為一個好種子。

我們每天在自己的工作崗位上與朋友和同事相處，這個工作單位就是一個族群社會，不論其大或是小，我們生活在一起，就應該互相扶持和幫助，彼此同心協力進行生產和努力，在我們每日的生活裡，除了衣食住行的需要外，我們還要有精神上的信仰，我們來到了教堂或是廟宇膜拜，求得上帝與佛祖對於我們的福佑，相信教堂和廟宇這一個地方是你喜歡來的地方，然而它就是一個社會團體，它是一個混合的袋子，這一個袋子裡含著各種各樣的族群，有好種子，也有壞種子，我們又是一群都帶有罪過的種子，將要種在主賜給我們的一片富饒的土地上，我們將如何長大成為最好和最優秀的種子，甚至於不被壞種子所累罪，那麼我們就是需要以更多的愛心和耐心，去互相扶持和幫助，使得這一塊土地長出來的都是甜美而可口的果實。

小小的一棵麥禾就能啟發我們有了愛心和善心，相信在我們生活的環境裡，能幫助我們以及讓我們醒悟的道理會更多，只要是在於我們每天所看見，聽見，想到的，以及內心所了解的，都能成為我們每日反省的材料，中國的孔子說過：

「吾日三省吾身。」相信聰明的你，也一樣能體會人生，而奉獻人生，哪怕只是一點點的小善事，也會讓你的人生過得充實而更有意義。

二〇〇七年一月七日
於格林佛

8 藝術的創造和模仿

幾支新鮮的蝴蝶玉蘭花，被包裹在褐色的竹枝內，而插在花盆裡，一陣一陣的花香瀰漫，這一盆新鮮而頗為特別的花，是一位富有經驗的花卉園藝設計家的巧手，精心地將一串串來自野地的花兒，經過剪裁與修飾後，就插在一個很普通且並不特別的花盆裡，這一盆花卉被放在辦公室的大廳堂，整個大廳有了這一盆花，使得辦公室倍覺清新、美麗、活潑有朝氣。它真是我喜愛欣賞的花卉園藝之一。

這一束蝴蝶蘭被藝術家精巧的手，修飾和擺放，乍看時，它雖然離開了自然的浪漫，然，仔細地欣賞著它，覺得它被摘取而插在窄窄的花盆裡，很是委屈，然而它有了另一方面的成就和意義，顯得非常地特殊和小巧玲瓏，那是來自一種模仿也是一種藝術的創造。它雖然已經被人工化了，縱使經過了人們的修飾與模仿，但是由於藝術家有了精巧的手，它仍然保有原始的美麗與風韻，而不失自然的美麗，真是可喜可賀，這就是藝術家的所謂保持原有，而另外又作了藝術的革新與創造。

藝術家們，倘若他在做創作時太過於誇張，而自求表現又太多時，反而會顯得浮躁，那麼縱使原物被修飾得有多美，或是有多麼摩登，花兒雖然仍然保持原有的馥郁芬芳，然，它已經失去了原有美麗的風采，則這一項創作的作品，無論有多麼的高雅，卻失去原有的純真，如此，就不算是一件美麗的創造，而僅僅是一件美工藝術的作品罷了。

對於花兒的創造與模仿，可以從很多方面來說明，例如插花、畫圖、乾燥花、人造花、織造花等等藝術。

倘若我們以插花藝術這一項來描述，我們會覺得特別地有興趣，因為花兒擁有自然的魅力，插花除了欣賞花兒的美麗和芳香外，還可以陶冶性情，插好的花供人欣賞，宜人又怡情，別有一番風味。

談到插花藝術，不免讓我想起早年，與一位曾經留學日本的老師學習池坊流和草月流派花道的藝術，那是需要頗具耐心和毅力的學習精神，否則，縱使學習多年，也會覺得一事無成。

日本的花道是世界有名，花道源自於中國的佛教的供花，是在日本奈良時代，也就是中國的隋唐時代，隨著佛教而由中國傳到了日本，在日本長足的發展，它是融入日本民族特有的傳統文化教義而形成，到了平安時代才由供花演變為人們所欣賞的插花藝術——花道。到了第十五世紀時，在日本就有了從事於花道的藝術家，花道就是插花藝術，是一種表達情感的創造，以一種尊敬的心意，虔誠的態度，從中尋求哲理，注重人與自然的和諧，透過花道來訓練而達到身心的平衡與和諧，使用花枝葉來創造一種新的形成，這種新的形成不僅表現插花者其精神穩步發展的標誌，還具體表現了創造者對於花草枝葉美的印象。花道針對於四季的變遷，時間和變化，進行冥想，花道的宗教哲理與生老病死的自然週期緊密聯繫，使得花道具備了深刻的精神內涵。

花道能在日本普遍地受歡迎，是日本人自古以來就喜愛自然，他們興趣於一朵花的成長，他們研究花的形狀與姿態，他們欣賞一朵花的千嬌百媚，他們對於植物心心相印，這就是為什麼花道會發展成為一種藝術而深植民心的原因。

日本的花道藝術由於藝術地區和剪裁方法的不同，而有很多種流派，那就是所謂的〈世俗三千流〉，每一個流派都有它的歷史、淵源和技術，比較有名的有池坊流、小原流、草月流、遠洲流、風古流等等。其中以池坊流名氣最大也最為有名，由於時代的進步，日本眾多的流派也經過多年的融合，現代的日本花道藝術則出現了表現自我意識的〈自由花〉，和表現傳統的〈格花〉兩種流派的分類。

花道有了眾多的流派，但是基本點是相通的，那就是天地人三位一體的和諧，這一種思想貫穿於花道的道（仁義、禮義、言行），與插花技術的基本造型、色彩、意境，花道的要旨在於奉獻、耐性、精力、專注、智慧，達到花與人結合為一體，而達到純淨的神韻。

這些流派到底有什麼不同，我們不妨舉幾家來解釋，例如池坊流派，是日本最為古老也是最大的流派，如今池坊流派花道的插花歷史就是日本的插花藝術的歷史。池坊流派是一種左右對稱而豎立的花型，每一枝花材都有一定的長度，一定的位置，一定的伸展方向和插花順序，三枝花材結構的立華型與簡單的造型生花，三枝花材的使用，代表了天地人結構上的變化，表現了花草原本的生長趨勢，生花造型藝術優美，有品格的插花行式，是一種感性的創造，顯示出一種無窮的變化，它表現得明亮，靈活和突出。

小原流的插花藝術採用了〈盛花〉，給當時的插花藝術徹底的帶來了革命，把原來的立花生花型，為面的插法，它延伸了空間和更接近自然。

草月流派是視花如草之可親，如月之明朗，該流派是要創造特意的花型，而不受形式的約束，也不理會草木自然生長的規律，至於還採用不屬於實物的花材，使無生命的東西也賦予新的生命力，主張插花是表達個性，表達各種花材自然的美和基本特性，嘗試各種已構成美為目的的插花造型，草月流派不僅在插花造型上，使用的材料上也做了大膽的嘗試，而且將傳統以跪式來插花改變為坐式插花。

以日本和中國代表的東方插花藝術所崇尚的是自然的美麗，追求線條的美，和意境的深遠，並且在色彩上以清淡素雅單純，插花時表現的手法鬥士以三個主枝為骨架，再由高低俯仰等構成不等邊的三角形的定位方法，而且使用的鮮花不求於多，而只要幾枝就能求得畫龍點睛的效果。

至於西洋插花藝術具有悠久的歷史，歷經古埃及時代、希臘羅馬時期、文藝復興時期，然而它雖然有了古遠的歷史，卻深深受到教會統治的影響，純粹以自然花卉的百合花、風信子，作為插花花卉的主流花。

其後歷經豪華的巴洛克時代，奢侈的法國洛可可時代，以及英國維多利亞的浪漫時期，歐洲的花卉藝術家們有了很大的轉變和突破，他們追求花卉色彩豔麗豐富，著重宣染濃郁熱烈的氣氛，十八世紀時期英國喬治時代，有一位崇尚自然、浪漫、粗野的花卉園藝設計專家羅伯布朗先生，由於他有獨特的見解和創作，使得英國在這個時期發展出以豪華的宮廷園藝著名於世界。荷蘭花卉園藝設計家，安德魯翰德森先生提出了花卉的平行設計，為花卉園藝起開了一個更廣闊的設計園地，而不再局限於宗教色彩濃厚的古典花藝。伴隨著都市高樓的發展，明顯的以自然景觀為基礎，啟發了生態的組群與空間重新組合的思考和對稱。人們崇尚自然，衍生了一連串的庭園設計，不再以一個結構基礎的創作作為考量，而且使用了花卉數量為大而產生繁花的插花藝術。

如今花卉藝術之美是非常的普遍，人們在現代的生活型態裡與花卉為伍的機會特別得多，花不僅是溝通人與人之間的情感交流，是抒解人們生活的繁忙壓力以及緩和生活情節緊張的最好媒介，因此它不僅具有藝術性，也是一種遠離畏懼生活的藝術與經濟價值，是具商品價值的現代藝術。隨著插花藝術國際交流的頻繁，現代的東西方插花藝術互相滲透融合，雙方互相擷取其優缺點，互相吸引，表達的格式而使得創造的藝術風格有了突破性的改變，竭誠地表現了百花齊放的五彩繽紛，自由式、抽象式與前衛式的各種大花型更為流行，更表達了現代人崇尚不受拘束，放肆而不失古雅的浪漫情趣和意念。

二〇〇七年五月二十七日
於母親逝世紀念

第五輯

書香樂鳴

1 書鄉（The Trip of the Hay on Wye）

在八月的一個初秋裡，晨曦帶點薄霧，為了前往英國中部依爾佛德郡的一個書鄉城市，名為黑鎮小城，作個文化之旅的探尋。我必須起得早，才能即時趕得上搭第一班快速火車前往，於是一清早，帶著輕鬆的心情，先從住家附近的格林佛車站搭上了的第一班，從西雷斯勒起站的紅線倫敦地鐵到培寧頓大火車站，雖然在假日早起是非常地辛苦，也非常地累，但是，如果延誤今日整個旅行的計劃，其唯一理由，僅是時間上的耽誤，那真是不應該，於是我鞭策自己，務必按照原來的計畫進行，並祈福今日一切順利平安。

火車平穩而快速，兩旁的大樹綠油油，飛野似的消失在視線裡，火車行駛了一段路程，進入了英國最為富裕而美麗的鄉村風景地區，名叫克斯窩羊毛中心區，微微高高的小山丘，一排排的樹牆，圍繞著一畦畦微黃的麥田，顯得格外的明朗，陽光帶著微笑的臉龐，好像歡迎我這一位不速之客。平常的我，只是朝九晚五的上班族，並且假日還充當中文教育的傳播者，哪有充裕的時間，沐浴在這個寧靜而耐人尋味的好空氣裡，說真的，大地總是很歡迎早起的鳥兒和早起晨操的人們，早起的鳥兒有蟲吃，早起運動的人們有了健康的身體，而精力充沛，每天作起事來就能勝任愉快。

火車經過幾個山洞，已經漸漸地駛近英國中部的格勒所轄郡的大馬林威山區，那是一座座綠油油的的小山嶺，又是一山山的環繞，這裡的山並不高聳，然山兒起伏有致，真是美麗，像是一首一首歌曲的奏樂，所以吸引了英國最為著名作曲家愛德華艾爾加（Edward Elegar）的垂青，他居住在這一個充滿著自然，而風光明媚的城市裡，有了一段漫長的歲月，並且充沛的音樂造詣，寫出無數的交響樂作品，其中最為著名的交響詩音樂〈青春之杖〉，就是他每日在這一個小鄉鎮，登上了綿延的小山脈散步，而獲得的靈感完成的。

車行到雷洛城，稍微停留片刻，雷洛城是依爾佛德市附近的一個詩人城市，它是桂冠詩人戰士馬斯菲爾的故鄉，也是另一位桂冠詩人約翰勃朗的夫人，英國著名女詩人伊麗莎白勃朗的故鄉，勃朗與伊麗莎白相戀時，其戀愛史非常地著名，也富羅曼蒂克，勃朗寫了很多的戀愛信函和詩，並且都編輯成書而留傳，賞析閱讀，頗富耐人尋味，雷洛城的居民，為了紀念在英國詩史上佔有一席地位，且頗富著名的幾位詩人，特別成立了一個雷洛詩人紀念協會，這個協會舉辦各種作詩學習營，每年除了舉辦各種活動外，還舉辦詩人作品的競賽，造就了無數的新詩人。

一座座環山圍繞的依爾佛德郡（Herefordshire）是英國著名的農業區，盛產各種的五穀雜糧，坐在車上見到一畦一畦的農田，農田裡的麥穗，長得鼓鼓金黃，已經收割的麥田裡，有了一堆堆一捆捆的麥草排列，那是為著牛馬兒，在冬天來臨時所儲備的主要食糧。經收割後的有些土地，已經翻墾栽種其他雜糧，並且也灑下肥料，灑過肥料的土地其顏色是較為深暗的褐色，看見秋收的農耕，讓我又想念位於嘉南平原的稻米香，和故鄉那一塊一塊開著紫紅色花的番薯田，不也就是在這一個時刻裡收成，忙碌的風鼓車扎扎地聲響不停，而一粒粒的穀禾芳香，一袋一袋沏沏渣渣地裝載到布袋裡。

車過一處高聳參天的松樹森林區，一間一間搭建的帳棚，散落在綠油油的森林區裡有，然卻不見一個人影兒，也許這些露營的朋友，在昨天晚上的營火會上歡心得太晚，以致於他們都還在睡大覺。

火車已經慢慢的駛進了我所要到達的城市依爾佛德市，欲前往黑鄉，還有另一段旅程，由於黑鄉是位於群山環抱中，我必須從依爾佛德市中心，改搭當地的公共汽車前往，英國的土地並不大，由於先進的工業開發的歷史非常的早，所以對於較為偏遠的鄉村，其交通系統的規劃也甚為完善，一個一個鄉村的連結，縱使不會開車，使用公共的交通工具也甚為方便。

很幸運地乘坐平穩而舒適的三十九路的公共巴士，車子走在鄉間小道，沿著蜿蜒曲折的山路前進，車行的速度不能太快，尤其會車時必須減低速度而慢行。這些鄉村小路很像台灣的鄉間牛車道路，一路上的風光美麗極了，陽光照耀而舒適，遠遠看見幾個電視的大耳朵被架在大草園上，閃爍著陽光亮閃閃的，一間間鄉村小屋靜寂，只有聽見狗兒叫吠著。

由於道路狹窄而蜿蜒，又由於有登山車行的速度緩慢，所以三十餘公里的路程需要耗費一個小時才能到達。來到黑鄉小鎮，一看，街道與小巷僅僅有十多條，而歷時大約兩小時左右就可以走完整個鄉鎮，一個像麻雀巢似的小地方，竟然有了多家的舊書店，以及二、三家手工裝訂店，這個地方就是世界頗具著名的書鄉城。

說起黑鎮的歷史，可以追溯到羅馬人的遠征軍和諾曼人建立的城堡，遺址至今仍可以看見，十二世紀以後黑鎮城堡屢建屢傾，近年來又招到兩度的回祿之災，如今古堡經整修後仍兀立在高高的山丘上俯瞰著全鎮，儘管黑鎮的歷史源遠流長，在一九六〇年前，黑鎮與鄰近的威爾斯的小鄉鎮並無兩樣，除了每週有一次的牛羊市集外，居民過著平安祥和的農村生活，但是就在西元一九六一年黑堡的主人李察布斯（Richard Booth），純粹是異想天開地在此開了一家舊書店，主要的顧客並非當地的居民，而是路過當地前往黑山公園遊玩的遊客，生意居然不錯，經數年之後，效法賣舊書的商店逐年增加，近每年來，又在六月舉辦文藝週活動，更助長了聲勢，如今牛羊市集仍舊照常舉行，然而黑鎮從此卻以書市聞名於全世界，前來尋寶的、訪書的都是外國遊客。

黑鎮既然是擺舊書的書店，其數目多，而大小規模懸殊不一，陳售的書種類也各有所長，要參觀這些書店，倘若事前沒做準備，走馬看花的結果會買不到多少書，而錯過很多購買好書籍的機會，並且也會落失掉多少可以收集的故書籍古董。黑鎮的舊書店既然多，可以在不同的店裡發現更便宜的同一部書籍，由於一般人停留在此的時間很短，所以要拜訪黑鎮之前，最好是預先作個筆記，事先瀏覽各家書店的簡介，從容的多看和作比較，為了節省時間，逛舊書店也要有技巧，最為重要的是選擇自己專長有關的圖書，來研究和購買，因為在書店的書架上擺放著很多彩色鮮豔吸引人，去翻閱的偵探小說，女性主義的作品，比如烹飪縫衣美容，或是花園園藝、動物魚蟲類、蜜蜂研究、自然保育等等的書籍，這些書籍倘若是你所要找的專題，那去翻閱也就無妨，倘若他們只是吸引你一時知性而賞讀，則往往會浪費很多的時間。又由於愛看書的人往往因為喜愛書，而疏忽自己身上的包囊，所以遇到心儀的圖書必須索價，倘若索價不成，則抄下書名價格和店名，等全部逛完再作取捨。

在黑鎮的舊書店裡，規模最大的莫過於是黑堡主人布斯所開的布斯書店。這一家書店的藏書最為豐富，大約有五十萬冊，是全歐舊書店的冠軍，書店樓高三層，為維多利亞時代木造的古建築，書店綿延相援，入內除了有普通店員服務外，還有幾位專家為人們的疑難作解說諮詢，因為存書種類太多，而數量又大，真的要仔細逛完和賞讀，則需費時大半天，所以只能以預定的幾類瀏覽購買，然，倘若能在黑鎮附近多住幾天，則慢吞細讀也就無妨，書店也為顧客提供代寄的服務。

在書鄉規模居次的舊書店，乃是存書有三十萬冊的黑鎮電影院書店，當我們踏入此書店，我們當然可以想像它曾經是一家電影院，於一九六四年才改裝成書店，從事珍本古書籍和新進廉價批發新書的銷售。

黑鎮除了這兩家書店外，都是數萬和數千冊的中小型書店，甚至於擺在牆外而自動付款的舊書不勝枚舉，只要有心欣賞閱讀和諮詢再加上運氣，往往可以收到不期而遇的效果和收穫，例如我在此以十便士買到一本一九二〇年第一版名為古代數學的書籍，雖然並非是值錢的古物，然內容頗為有趣。

黑鎮是濃綠的山環繞而成的小鎮，然而還有一條環繞了整個黑鎮而著名的渭河（The river Wye），這一條河非常美麗而寬敞，看完了書，走進一間頂尖的小教堂，稍作膜拜並祈福家人與朋友平安。教堂附近有幾間小家碧玉花園的房子，樸素整潔而耐人尋味，來到渭河橋，抬頭遠看著環山，腑視著在河上泛舟的遊客嬉戲悠遊，其歡笑的回聲高而悠揚，我也不免提著腳步走到橋下，沿著河邊散步片刻，聽到悅耳的鳥吟，嘰嘰的蟲鳴，在微微的風兒吹拂下，顯得特別的舒暢和開懷。

走完書鄉，閱覽古書籍，不免使我深深地感觸：以一個窮鄉僻壤，而默默無名的偏遠鄉村，能以最為短的年代，而成為舉世馳名的書鄉，真有遠見，又有獨到的經營哲學。我們都知道，英國是全球出版業最為發達的國家，以它每年出版的新書種類來說，都超過十幾萬種，乃是獨佔鰲頭而仍居世界第一位。

我們不免也會覺得英國每年出版了這麼多的書，這些大量的新書除了供應英國本土消費者的需要以及外銷它國外，真的，他們的書到底都銷售到哪兒？又如何銷售？由於這些大量的新書日積月累也會成為龐大的舊書市場，於是，每年六月倫敦的舊書業者，都在古色古香的羅素旅館舉行大型的舊書展示會，並且每逢週末在英國各地都有輪流舉辦舊書市場，雖然這些市場還得買票進入，卻仍吸引無數的書蟲趕集盛會，而且樂此不疲。所以我們可以說逛舊書攤，已經成為人們生活中的一部份，這種被書鄉氣氛圍繞的環境，要造就像黑鄉這樣的書城，不難地說就是有了天時地利人和，加上人們聰明的智慧與電腦的充分運用，而使得黑鎮成為名聞遐邇的世界古書城。

二〇〇五年六月二十七日

■ 我在書鄉最大的書店買書，拍照留念。

■ 書鄉街道最有名的書店就是BOOKENDS書店，那兒的書應有盡有，而且每本價錢只有英鎊1塊。

■ 古堡前庭的花圃牆排滿了無人管理的舊書，任君選購，一本英鎊10P自投入一個鐵錢箱。

■ 書鄉的街道建築古色古香。

2 漁鄉（The Deep in Hull City）

美雅和湯瑪斯兩個孩子，他們是我的小小學生，美雅今年是六歲，湯瑪斯今年才兩歲，美雅的爸爸名叫湯姆，他是美國人，是一位資深的銀行投資家，他對於兩個小孩子的教育，非常的重視，雖然他是美國人，卻很喜歡中國傳統文化和風俗，媽媽名叫維多莉亞，她是第三代的美國華裔，曾為自己不會說、讀和寫中文而感到難過和遺憾。夫妻倆決定要讓孩子們從小就要開始學習中文，於是家裡雇用了一位華人保姆和會教中文的老師。

經過朋友的介紹，我認識了這一個充滿快樂和溫馨的小家庭後，美雅與我相處學習中文也已經有兩年了，湯瑪斯刻在學習說話的時候，一啞一呀，一個字一個字地跟著我的發音來學習，我也教導他們學唱兒歌和跳舞，他們天真可愛而純潔，每次上課蹦蹦跳跳地逗得我好開心，樂趣無窮。我與這兩位學生孩子相處得非常的融洽，在這短短的歲月裡，我們師徒三個幾乎打成一片，我沐浴在這個溫暖的家庭裡，感覺歡樂愉快，使得心靈平安受惠無窮。如今美雅已經學會說、讀、寫和會聽中文，這是多麼令人高興的事情。然而就在他們已經懂得使用中文與我溝通時，美雅的爸爸因為工作的關係，就要調回美國紐約服務，因為他們就要與我分開而遠離倫敦，我因此也為之難過萬分，然而想一想天下哪有不散的筵席？說不定，哪一天他們又會回來與我相處，所以我也稍得快樂舒暢，祈福他們一家人快樂平安和幸福，並且我的兩位學生孩子快快地長大而頂天立地成為真正的一條龍和一隻鳳。

我與美雅的媽媽維多莉亞相處得甚為愉快，她知道我喜歡自然，動物和水族魚類和鳥類等等，於是當他們要離開倫敦的前夕，維多莉亞贈送給我的禮物，就是從寵物店裡買回來，而養在他們家客廳有了兩年之久的金魚。

接受了這三條顏色不同又可愛的小金魚，使我受寵若驚而高興萬分，甚至於跳躍。也許你會覺得很奇怪，小小的金魚不是黃金也不是鑽石，為何就會讓林老師如此的欣喜若狂，我可以告訴你，主要是因為牠們使我重回兒時的樂趣，回憶起了童年的往事，並且牠們使我更為年輕，有朝氣而不衰老，使得心靈永遠健康和快樂。

小金魚來到我家的第一星期裡，首先要作的事情就是要到店裡購買一個有開口的玻璃圓形的魚缸，魚的飼料和水草。縱使每天我的工作甚為忙碌，我也抽空到附近的寵物店裡尋找適當的金魚魚缸，然，找了幾家，都不能找到適當理想的魚缸，於是只能請店老闆代為訂貨，在真正的魚缸未來前，這三隻可愛的魚兒只能暫時住在白色透明的塑膠米缸裡，不過，我的米缸也很大，容納這三隻小金魚，其空間和大小也綽綽有餘，所以我也因此稱這個米缸為魚缸了，並且為了能夠就近欣賞著她們，我將魚缸擺在我的書桌上，這三隻小金魚非常的美麗而又活潑可愛，當我為了寫作而沉思良久，腦筋時常左思右想而陷於遲鈍時，看見小魚在水裡悠游得非常快樂自在，牠們時而游上游下，時而游到魚缸口，探頭呼吸，而且在魚缸裡作了正與反的東南西北方向環繞，以及朝向著我，張開小嘴巴與我點頭示意微笑，魚兒帶給我快樂的時光，使我的煩惱煙消雲散，看到牠們悠游也帶給我無比的靈感。

自從有了魚兒，我每天又添加了一項工作，那就是準備新鮮的水來更換，同時清洗魚缸，放飼料，雖然忙碌，卻帶給我無比的快樂和歡心。由於與魚兒的接觸，讓我拾起了兒時的玩意，到海邊撿拾貝殼，小石頭等，為了能夠飼養好金魚，我也到圖書館借了幾本與水族魚類有關的書籍，開始研究水族魚類的培育和養殖，並且我也趁此機會找個時間去參觀歐洲最大的水族館，這個水族館的名字就叫做The Deep，它就建在英國北部約克郡的賀爾海港城（Hull）。

賀爾海港城（Hull）是英國幽默河（River Humber）和豪河（River Hull）這

兩條河出北海的重要軍用港口，它是一個深具歷史的水濱名城，擁有悠久的海洋文明，顯明的歷史文化藝術，摩登的購物中心，是夜生活與休閒旅遊的好景點。熱鬧的市中心裡，有一座別具風格的建築，這一棟建築名為魁一王子購物中心，購物中心的建築堪稱現代一絕，雲集多家百貨公司和摩登的服飾店，愛德華似的三一市場，和維多利亞似的賀普沃斯拱廊商場旁邊矗立著聖三一大教堂，教堂前面的廣場非常地寬敞，是逛街後純休閒的好廣場，在廣場裡可以見到一群一群的遊客正在照相留念。

著名的賀爾博物館是文化、藝術的匯集中心，在博物館裡可以欣賞到英國諸多著名的政治人物、畫家和戲劇家的畫像。例如約翰盧梭的人像畫，威廉李的風景畫，又如英國著名的戲劇家便哲民，以及倫敦伯克大學的創辦人，喬治伯克的人像畫，也高高地懸掛在博物館裡。遊客也可以走到賀爾老城，參觀著名的交通博物館，和人民街頭生活博物館，走到這個博物館裡，看見的以及聽到的栩栩如生的描述，讓我感覺自己就好像生活在那個時代裡，英國最為著名的政治人物威廉威爾博福斯的博物館，博物館就是他的故居，一棟三層樓維多利亞時代的古建築，在博物館裡有詳細的解說，他的家庭背景以及成名的事蹟。

遊客還可以參觀一艘二十世紀六十年代的舷側漁船，名為北極海盜號，可以在傳統的客棧體驗老城市的氣氛，也可以感受賀爾城獨自特有海港的酒吧風情，甚至於還可以坐在現代的敞篷貨車劇院欣賞歌劇和電影，賀爾城是充滿著喧囂和五顏六色的不夜城。遊客來到賀爾不夜城可以盡情享受水濱城所特有的活力和輕鬆的氣氛。

自千禧年以來，賀爾海港城還有一件令人刮目相看，而且也是近幾年來遊客的旅遊重點，那就是The Deep海洋水族館。

The Deep是英國東北部的一間全新的海洋水族館，它就位於約克郡不遠的東北港口名為賀爾城（Hull）的市中心地帶。水族館開業的頭幾年裡，The Deep的大廳門外總是排長龍的隊伍在等待著購票，它受到無比的歡迎和大眾的喜歡。館方總是要設法，停止售票一段時刻，來疏導擁擠的人潮。從倫敦到豪城有專線的火車，從豪城到水族館也有專用的汽車服務，為了眾多擁擠不斷的人潮，館方也要求交通局加開了火車班次。水族館會造成如此受歡迎，其理由不外是因為它不只是供民眾參觀的水族館，而且是歐洲最有瞄頭的海洋博物館，更是一個互動海洋學習中心與大學海洋研究所，建築物毗連亦附設有商業會議中心，會議廳寬敞而舒適，可以供應幾百人的聚集，各項設施都達到國際水準。

海洋水族館的造價高達六千七百八十五萬英鎊，這些巨大的經費來源，來自多家投資公司，這些經費的一半是來自千禧年的發展基金，其餘分別由豪城市政府，豪城大學及其他公營機構合力承擔。這一項工程是經過數年的構思以及不斷的加緊盯住興建水準和安全，以及密切注意工程的進度，使得水族館能依工程的進度順利地完成，很幸運地這一項工程可以說是千禧年的重頭戲。

The Deep海洋水族館裡面，你可以看見七種不同的鯊魚，以及兩千五百多種令人目眩的海洋魚類，包括來自西印度群島的Hogfish，來自熱帶海洋的綠色海鰻等，還有各種各樣不常見的水底生物，最不能錯過欣賞的乃是萬紫千紅、瑰麗無比的珊瑚礁。在這一個建造於水平面以下的海洋博物館裡面，可以乘坐一部特別的圓形的升降機（Underwater Acrylic Lift），面對面跟著深海大魚游水，來個與魚最為親近的接觸，這一部升降機是目前最為現代，而舉世無雙的海底管道，這個海底管道主要的作用，是帶領大家從地面直接進入色彩繽紛的「海洋世界」，這裡所謂的「海洋世界」，是博物館依賀爾城的地勢所建造的水底世界，當你在升降機裡，你確實有一種潛入天然海洋的奇妙感覺，此外，館內還有一幅十米高的３Ｄ化石牆，由最早期的魚類化石，以及巨大的海洋哺乳魚類鯨魚的化石仿標本，一一呈現在大家的面前。

這個海洋館的中心地區，有一個互動學習研究站，除了頭頂上有一個大銀幕播放著海洋生物的活動情形外，參觀者可以從多部互動電腦銀幕中自由探索豐富的海洋資訊，另外，The Deep不但是一座讓人參觀的海洋博物館，同時也是多個團體及機構研究海洋鯊魚活動的合作夥伴，這個海洋水族館也與賀爾城當地的賀爾大學（Hull University）密切的合作，透過館內的各種高科技設施，作為海洋學的研究教學之用。

海洋博物館的整體建築是由英國著名建築師鐵力．菲羅（Terry Farrell）的精心傑作，要認識這一位大建築師的傑作，並不難，我們觀賞位於香港的凌霄閣和金鐘英國總領事館，其建築的現代與輝煌也是同樣出自這一位大師的手筆。這一位國際知名的建築師利用賀爾城的地理優勢，和充分使用了River Humber及River Hull的交叉點，將這一座建築物設計成為船形一般，從遠處看，真像是一艘在海中行駛的輪船，跟海洋博物館的主題配合的天衣無縫。建築物的外牆，由各種不同顏色如金，銀，及黑色的鋁片，金屬片，及磚塊契合而成，陽光從各個不規則的圖案中射得金光閃閃，單是這一棟建築物就已經足夠讓我們驚嘆，賀爾城地區的居民也引以為傲的城市新地標。

參觀完了這一座歐洲著名的海洋水族館，我的心靈好像還在無邊無際的海洋裡悠游，我的視野仍在那美麗的海洋世界裡，海洋的物產是如此地豐富，我們人類得好好的珍惜地球所帶給我們資源，必須儘可能作完善的保護，而不能隨意地破壞以及污染。

回到家，看見魚缸裡的三隻小金魚，牠們還是一樣安祥地，住在這一個小小的世界裡，我的魚兒雖然沒有像水族館裡的金魚，有了寬闊的遊樂天地，然而牠們仍然覺得快樂平安地悠游自在，就好像我們自己雖然沒有豪華的住宅，倘若能隨意而安，生活也一樣能過得快樂舒暢和平安。

二〇〇五年六月二十七日
於格林佛

■ 賀爾博物館是一棟深具歷史性豪華的建築。

■ 賀爾城有頗為現代化的建築物，是熱鬧的逛街中心。

■ The Deep海洋水族館像一條大船航行在海中。

3 春之祭（The Rite of Spring/Le Sacre Du Printemps）

時逢李花白，桃花滿山紅，最為閃爍的春天花開季節裡，風兒吹拂了亮麗的田野，頑皮的雲哪！怎能放過在這麼美好的季節的表現機會。雲聚雲散，快速而暢懷地帶來陣陣的雨，灑在屋簷，飄落了庭院，點滴在微笑的花兒身上，太陽雖然被捉弄，還是風度翩翩，寬宏大量而仁慈的胸懷來對待，低著頭沉思了一會兒，忽又露出了笑臉迎人，歡天喜地放出光芒而照耀大地。

春天是人們最為喜歡活躍的季節，是藝術家們展現其作品的最佳時機，十六世紀文藝復興時代，義大利著名的畫家波堤切利，以一幅名為〈春天〉的蛋彩畫，而名揚於世，他的這一幅畫裡的三位女神，穿著透明的彩衣衫裙飄飄然，美神維納斯有了窈窕的身體，姣好的臉龐，纖細的腰和美麗的雙手，以及穿著花衣裳的花神美蘿拉，她的俏麗臉龐，唯妙唯肖地穿梭歡愉在充滿著花兒的園林裡，女神遊戲跳舞，歌頌著春天，並且向著大地報喜，春天的來臨。

在這充滿著花之舞的春天裡，英國的很多大城市都有舉辦各種的音樂和舞蹈以及歌劇的表演，各個交響樂團以最佳的演奏技巧，表演最為著名作曲家們的音

樂，吸引無數喜愛音樂的朋友們前往聆聽和觀賞，西倫敦交響樂團也不例外，他們在每年的春天和夏天都有安排著幾場著名的音樂，今年，更是特別，為了慶祝三十五週年的團慶，特舉辦大型音樂的演奏會，演奏會的地點就選在倫敦著名的聖史密斯廣場，當天除了演奏貝多芬，莫札特等著名音樂家的作品外，並且安排一場由蘇俄音樂作曲家史塔溫斯基所作曲的〈春之祭〉的音樂演奏。

史塔溫斯基的〈春之祭〉是一部舞劇，這一部舞劇給整個音樂界帶來的影響，就好像一頭兇猛的野獸，突然闖進了正在演奏古典音樂舞台的背景，據說這一部舞劇在一九一三年五月二十九日首次在巴黎公開發表時，由當時著名的指揮家蒙特指揮，當晚的演奏會引起了一陣瘋狂似的「倒采」和「騷亂」。在座的作曲家霍桑，聽了由大管開始以最為高音奏出的旋律之後，就驚異地詢問：「這是什麼怪樂器？」便頭也不回地走出了音樂廳，聽眾們表示厭惡的聲音，作貓叫的聲音，就從樓上傳了下來，大堂中的聽眾開始互擲糖果紙屑開玩笑，一切可能丟擲的東西都向著演奏會的現場丟擲，出人驚奇的是，現場演奏的音樂家們很有風度，仍然繼續演奏，劇場經理以一閃一爍的燈光作為暗示，卻絲毫沒有收到停止搗亂場面的效果，當場一位伯爵夫人認為這一種音樂是對於人的一種愚弄，聽眾幾近於瘋狂，這位革命性的作曲家甚至於必須從窗戶跳出而到街上蹓躂一整夜，然而經過一年後蒙特重新指揮這一部舞劇時，卻獲得無比的讚賞和喝采，從此史塔溫斯基開始走出一條通往新派風格的途徑。

〈春之祭〉故事的情節和內容是敘述一種異教徒對於神的膜拜和敬禮，在這莊嚴祭拜的儀式上，一位德高望重的異教徒聖者注視著一位年輕貌美的姑娘跳舞，一直到她為神奉獻竭力而死為止。這一部舞劇共分兩部份，第一部是眾教徒對於大地的崇拜（含導奏、春之預兆、男巫之行列、大地之崇拜、大地之舞）；第二部是少女的獻身（導奏、神秘之輪迴、當選人之光榮、祖先之招魂、祭祖、當選人之獻身）。故事的第一部分似乎充滿著一系列令人屏息的戲劇化插曲，在這一部劇的末段音樂，根據作曲者在樂譜的表現，彈奏出一段凶暴而不和諧的紘與節奏，劇中的少女痛苦掙扎接受著一種無助的宿命。

史塔溫斯基是音樂時代的先驅，他領導著時代，充滿著獨創力，無論從作品的技術與內容來看，他是了不起的天才。從史塔溫斯基所選取的題材，潛在著各種被接受的宿命論，史塔溫斯基的作曲技術也隨著風格的轉變而變化多端，他的靈感和激勵來自俄國的背景和民俗，他以完全屬於自己，而前所未有的風格，步入了音樂未經地帶，以純正的和聲為不和諧的音，以傳統的調性作多調性，他以片段而經常只含有寥寥幾個音符的那種凌厲而幾乎支離破碎的旋律，造成震撼人心的壓迫力，利用急速變化的韻律、複節奏，而另節奏更活生生的表現出來。

他的節奏更是完完全全地脫離了束縛，甚至於以節奏取代了旋律而成為音樂的主宰，由於大師的對於節奏的使用非常地大手筆，所以樂器的重心移植到打擊樂器上，而建立了鮮明嘹亮而近於狂亂的管絃樂音色，這些代表著新的原始運動，以精練的音樂結構重返原始音樂的簡潔，和動向的力度，這可是一種未來音樂的先鋒，在後期的印象派的領域裡，作曲家們紛紛地仿傚這一種充滿新鮮充滿活力、動力的表達方式。

自從人們接受這一種革命性的作品，史塔溫斯基的大名便被認為是現代音樂的代表，史塔溫斯基他的作品與風格也真正地大大地改變，就如他的新原始主義，是自俄羅斯背景蛻變而來，他的音樂風格從複雜不協和及狂野的作風裡折轉，史塔溫斯基個人認為，他對於藝術有較為主觀的態度，對於音樂要清晰明暢，也要簡潔了當，他希望自己的音樂不受局外的牽連，或是主題被分散。他曾說過：「別人的態度和主張，不能影響我自己應走的道路的任何一步，我不可能讓別人影響我，使得我必須來犧牲，我的願望和嗜好，更不能影響我來盲目的追尋，或是回頭走，批評家們的要求，很顯明的是過時而無用的事物，除非我對自已過意不去，而寧願回頭跟著他們走。」事實上，史塔溫斯基是先進的，而批評家們是太膚淺的。

由於欣賞和仔細聆聽，英國西倫敦交響樂團所演奏的這一部由著名新印象派的作曲家史塔溫斯基的〈春之祭〉，使得我大大地上了一堂前所未有的音樂教育和神學課程，而且似乎讓我回到幾世紀以前的時代，更使我緬懷曾經遊歷位於英國威塞斯郡，索爾斯柏利大教堂附近的石柱群，於是我有了重遊舊地的決心，再次探訪那鼎鼎著名的史前時代的石頭城（Stonehenge）。這一座石頭城是一群巨石圍成圈的石柱建築，然而，在史前時代，它可能是石頭古堡或是大皇宮裡供人朝拜神的廟宇和異教徒朝聖之聖地。那些石頭的樣式也美得特別地不同，倘若能以石頭古堡來稱呼則更具意義。

這些史前石柱，乍看之下，是會令人失望，著名的作家愛默生曾經說過：「它們像是一群大地上的棕色矮人。」據史家們的估計，這些石頭的歷史至少是在西元三至四千年前的悠久歷史文物，具有使人類產生興趣和探索的教育價值，當我們遠遠地瞧著這些石柱，會以為那只是一圈大石頭，沒有什麼好看而興趣缺缺，然而走近仔細地瞧瞧，會發覺這些帶著自然色彩的大石頭，是非常地吸引人。事實上，石柱的圍繞方式是由一圈外環，以及從馬堡丘陵帶來的砂岩組成的馬蹄形內環所構成，原本有兩環馬蹄，然而目前只剩下一環，但是從遺蹟裡仍可以索尋它們的確實結構。這些會發自然光的岩石，是採自威爾斯彭布洛克郡的普瑟歷山。

至於這些巨大石頭圍成圈的目的和用途，至今仍是一個謎，許多人仍然相信，這是古人拜日的宗教聖地，在每年的夏至，太陽會升到軸心海勒石的上方。事實上，英國的德魯伊的崇拜信徒，就在每年夏至的這一天，舉行祭典，他們身穿附合帽的白袍，手拿著槲寄生樹枝條，揮舞著旗子，在黎明前唱誦，周遭的墳墓是古時舉行葬禮之處，有一些學者認為這些石柱是用來預測天象的。

聆聽和觀賞〈春之祭〉的音樂，喚起了我的冥想，倘若這一座石頭古堡，在當時也是異教徒為祭拜神的宮殿，同時能以史塔溫斯基〈春之祭〉的音樂，在這一個充滿神秘的石頭古堡裡來歌誦和讚譽，果真如此，則音樂與宗教將是人生至高無上的精神依賴。

二〇〇五年五月二十七日
寫於母親逝世紀念

4 查德渥斯莊園

趁著復活節的來臨，有了幾天的假期，我乘座一部非常舒適的遊覽車前往英國北部的達比轄郡，達比轄郡非常大而寬廣，是英國最為美麗的都郡之一，參觀頗富盛名的查德渥斯。

車子在寬廣的高速公路上行駛，坐在車內一路欣賞英國的鄉村風光，像是電影內一幕一幕影像，黃而豔麗的油菜子花，開滿了鄉村的田園，春天是英國最為美麗而迷人的的季節，天氣是不冷也不熱，櫻桃花兒的開放，綴滿了整棵樹，李花的潔白就像一大片的棉花開在樹上，卻看不見任何的新葉，栗子樹上有了含苞待放的花包，點綴在枝椏間，看起來非常地挺拔而有勁，也許等到花兒開放時，整棵樹的花兒豔麗將會是染得紅透了天。

前往莊園的旅途中經過了一個達比餐盤精品屋，這一家很具悠久歷史的老牌店鋪創於一八〇九年，至今已近二百年的歷史，其出產的貨品在國際上甚受歡迎，也佔了一席之地。捏陶土是一種藝術，來到這兒參觀的客人，除了可以買到貨真價實的陶瓷製品外，還可以聆聽陶瓷捏做的方法，吸收一些文化知識，同時也可以拿起了陶土學做笑哈哈的青蛙，以及會跳躍的兔子，這些玩意，好像讓我回到了童年，也可以拿起毛筆來彩繪了中國畫，畫了一條龍卻不敢點睛，然而，寫上了蒼勁有力的中國字，來此遊玩學作陶土藝術，除了得到樂趣無窮的把捏，像玩遊戲外，似乎又學到一門學問，那是一種文化藝術。

來到世界有名的查德渥斯莊園，很興奮地走在這寬廣的莊園大道，查德渥斯莊園每年吸引成千成萬的遊客參觀，它不僅是一棟非常輝煌而宏偉的建築，而且它的風景是美麗而自然，整個莊園綠油油的一大片，能讓遊客感到自由自在的遊覽和參觀。

查德渥斯莊園的寬廣土地是位於達比轄郡（Derbyshire），那是威廉威帝公爵於一五四九年所承購，第四代帝蒙轄郡公爵，對於威廉國王有了很大的貢獻，喜獲巨額大筆的獎賞，於是公爵邀請當年設計倫敦聖約翰史密斯廣場（St. John's Smith Square）的建築師湯姆斯．亞吉建築師（Thomas Archer）來設計與規劃，縱使當時英國與法國並不是友好的兩個國家，但是查德渥斯莊園的建築確實模仿當時法王路易十六的皇宮建築而設計，其結構式樣則採取介於法國和英國皇宮式樣來建築。

莊園內收藏品以及古董，都是非常珍奇的古物，例如進門大廳裡的母女雕塑，是遠在西元一世紀羅馬時代的作品，母親的衣服裙擺雕塑得栩栩如生，母女情感表現得自然而豐富，繪於屋頂上的凱撒大帝的精細壁畫神韻有力，大石梯階旁的的小櫥窗擺飾著三輛不同時代的嬰兒車，有銅製品的嬰兒車製於西元十六世紀，又有十八世紀以及十九世紀的嬰兒車，各時代不同而互為媲美。一座高有六層的鬱金香花瓶座是十七世紀來自荷蘭國的古老陶瓷，畫室裡的畫作有遠自第一公爵所採購的世界著名的圖畫作品，於第一公爵時就設計好寬而長的貴賓起居室可以遠眺莊園外的玫瑰花園、海馬噴泉、卡斯卡達瀑布，美麗的視野展現在眼簾裡，非常地怡人而心寬舒暢，而這一間起居室有過輝煌的歷史可陳，在西元一九三九年至西元一九四六年間曾經是戰爭時候的女學生宿舍。隱藏在貴賓起居室的牆上有一幅世界最為著名的小提琴圖畫，是珍凡德威畫家（Jan Van Der Vaardt, 1653-1727）所畫，這一幅畫可以說是查德渥斯莊園的無價之寶。

莊園內著名的史克特大廳（Scots Room）的設計仍保持著當年瑪麗皇后曾經居住過的式樣，唯一更改變動乃是牆壁上的壁紙，牆壁上的壁紙乃是在十七世紀時由中國進口的中國花卉鳥樹木的自然景觀壁紙，這些壁紙有二十五至四十卷，每一間屋子都有四呎長十二呎寬，歷經幾個世紀，壁紙上的花鳥有變淡與淺，然而經過藝術家們重新整理和繪畫貼上，也栩栩如生而與原來的真跡一模一樣，而花鳥更顯得突出和魅力。這一座大廳最讓我感到驚奇的是有兩座威廉國王在西敏寺加冕的座椅，那是第六世公爵當宰相時，國王所贈予的禮物。此古董可以說是無價之寶，非金錢所能購得的殊榮。

家庭教堂雖小卻堂皇而高貴，天花板上的壁畫訴說著耶穌故事，是名畫家路易斯．萊格羅（Louis Laguerre）的作品。爾後一直保持著第一任查德渥斯公爵、帝蒙轄郡公爵當年所設計的式樣，神壇座立在大廳之正中間，安靜而富精神慰籍。

查德渥斯莊園最為古色古香的廳房就是橡樹廳，房間內的柱子以及家具和天花板都是橡樹雕刻製造而成，這是第六世公爵最為喜愛在夏天裡招待客人的房間。在通往小教堂的小通道走廊裡，一隻人的腳掌雕塑很明顯地在走廊的廳堂裡，已經被證實其年代的久遠，是自西元一世紀的希臘雕飾品，世界上只有一對，另一隻人的右腳掌雕塑就在德國的柏林博物館內。

查德渥斯花園隨著莊園的建立而有了園藝的美麗與輝煌的時代，如今我們所見的花園之美，大都是來自第六世公爵當時花園的設計師傑士佛巴斯頓的代表作，其實各朝代，也都展現其風華，而與英國其他古堡花園互相媲美，它的美麗雖然經歷幾代的公爵不斷的修建和改造，整個園林裡除了一大片一大片的花園外，也建造了花壇、斜坡式的草坪、溫室、噴泉和水池，長達幾公里以樹籬築成的迷魂鎮，和使用黃楊樹的植物為雕塑的植物雕刻，花園中間有了一個著名的噴泉水池內的海馬噴泉，其雕塑是集聚著名的雕刻藝術家的聯想而成。

查德渥斯莊園的建設非常地高貴和優雅，第十八世紀以後，查德渥斯花園的建造調整和改進，頗受英國一位最為著名的園藝設計師的影響，他是英國頂頂有名的園藝設計師，名叫「萬能」布朗先生（Capability Lancelot Brown），布朗對於園林的景觀設計有其獨到的見解，當他來到查德渥斯古堡時，他接受了公爵的信任，下定了莫大的決心，要讓這一片近似荒蕪的沼澤地，成為真正能代表英國式的花園，來展現給世界各地的喜愛花卉園藝的王宮貴族。

隨後巴斯頓也興建了一些新的水景，他的設計模式大都採用「繪畫式」的構圖方式，其中有威靈頓的岩石山、強盜石瀑布、廢墟式的引水渠、以及柳樹噴泉、大溫室、還有迷宮，帕克斯頓所建造的岩石山，因處理得巧妙而極為著名，大玻璃溫室內，因成功地引進亞馬遜河的大百合花而極富盛名，莊園在護牆邊又新建了一座玻璃溫室用於收集稀奇植物，溫室內種植山茶等稀有珍奇外來植物，以及熱帶植物。這幾座大溫室，真足以吸引人前往觀賞。

我沐浴在這景色迷人的花園，和視野非常遼闊的風光裡，我心中感謝莊園的主人帝蒙轄郡公爵與公爵夫人的寬宏大量，縱使莊園內的古董價值連城，他們每一年又以無數的金錢來做古董的維護、保存以及莊園內外的管理，花園的園藝和整理也聘請了著名的園藝設計專家，繼續地培育花卉以及各種稀有植物的品種，他們又以最為親切的態度，歡迎來自世界各地人們的踏尋和觀賞，我悠哉悠哉地走在舖設的花磚道路上遊覽和觀賞，我有了無比舒適而開懷的心靈寬暢的身心。我心存感激莊園主人的胸襟，與美好的世界觀和經營的哲學。

二〇〇三年六月二十日
於格林佛

■ 遙望查德渥斯莊園的宏偉建築是被山嶺與溪流環繞著。

■ 小溪湍湍地流過具悠久歷史的著名查德渥斯橋。

■ 莊園內一條著名的噴泉溪是二百五十年前由英國最著名的花園設計大師布朗先生所設計。

國家圖書館出版品預行編目

美的饗宴 / 林奇梅著. -- 一版. -- 臺北市 :
秀威資訊科技, 2008.06
面 ; 公分. -- (語言文學類 ; PG0190)
BOD版

ISBN 978-986-221-040-6(平裝)

855 97011808

語言文學類 PG0190

美的饗宴

作 者 / 林奇梅
發 行 人 / 宋政坤
執 行 編 輯 / 林世玲
內 頁 圖 / 林奇梅 繪畫及攝影 Illustration: Chi-Mei Lin
封面、封底圖 / 李察・翰姆特 攝影 Cover Photograph: Richard Hammett
作 者 照 片 / 李察・翰姆特 攝影 Writer's Photograph: Richard Hammett
圖 文 排 版 / 林蔚靜
封 面 設 計 / 莊芯媚
數 位 轉 譯 / 徐真玉 沈裕閔
圖 書 銷 售 / 林怡君
法 律 顧 問 / 毛國樑 律師
出 版 印 製 / 秀威資訊科技股份有限公司
台北市內湖區瑞光路583巷25號1樓
電話：02-2657-9211 傳真：02-2657-9106
E-mail：service@showwe.com.tw
經 銷 商 / 紅螞蟻圖書有限公司
台北市內湖區舊宗路二段121巷28、32號4樓
電話：02-2795-3656 傳真：02-2795-4100
http://www.e-redant.com

2008 年 6 月 BOD 一版
定價：280 元

讀　者　回　函　卡

感謝您購買本書，為提升服務品質，煩請填寫以下問卷，收到您的寶貴意見後，我們會仔細收藏記錄並回贈紀念品，謝謝！

1.您購買的書名：________________

2.您從何得知本書的消息？

☐網路書店　☐部落格　☐資料庫搜尋　☐書訊　☐電子報　☐書店
☐平面媒體　☐ 朋友推薦　☐網站推薦　☐其他________

3.您對本書的評價：(請填代號　1.非常滿意 2.滿意 3.尚可 4.再改進)

封面設計____　版面編排____　內容____　文/譯筆____　價格____

4.讀完書後您覺得：

☐很有收獲　☐有收獲　☐收獲不多　☐沒收獲

5.您會推薦本書給朋友嗎？

☐會　☐不會，為什麼？________________

6.其他寶貴的意見：________________

____

____

____

讀者基本資料

姓名：________________　年齡：______　性別：☐女　☐男

聯絡電話：______________　E-mail：________________

地址：________________________________

學歷：☐高中(含)以下　☐高中　☐專科學校　☐大學
☐研究所(含)以上　☐其他________

職業：☐製造業　☐金融業　☐資訊業　☐軍警　☐傳播業　☐自由業
☐服務業　☐公務員　☐教職　☐學生　☐其他________

請貼郵票

To：114

台北市內湖區瑞光路 583 巷 25 號 1 樓

秀威資訊科技股份有限公司　　收

寄件人姓名：

寄件人地址：□□□

(請沿線對摺寄回,謝謝!)